일상 여행자의
낯선 하루

/익숙한 공간에서 시작하는 설레임 가득한 일상 우주 여행/

일상 여행자의
낯선 하루

권혜진 지음

이덴슬리벨

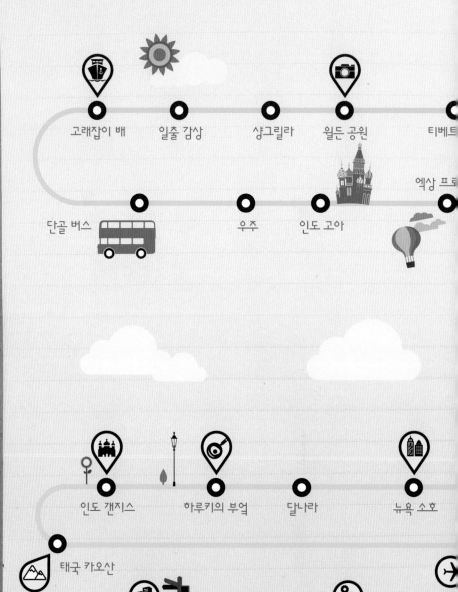

고래잡이 배　　일출 감상　　샹그릴라　　월든 공원　　티베트

엑상 프로

단골 버스　　　　우주　　인도 고아

인도 갠지스　　하루키의 부엌　　달나라　　뉴욕 소호

태국 카오산

출발
낯선 도시역　　　　　　태평양 오즈

여기, 내 몸

일상 우주 여행지도
& 여행 루트

루브르 박물관

인도 아삼

우주 도서관

원자 여행

산티아고 순례길

길, 골목

세상의 끝

호그와트행 기차

랑스 파리

CONTENTS

파리에 가지 않고 파리지앵 즐기기

티베트에 가지 않고 오체투지 소울 도전

인도 고아에 가지 않고 히피 누리기

이 모든 것들이 가능하다.

당신이 호흡하는 지금 이곳, 여기에서.

일상 비틀기에서 시작하는 여행

여행은 장소의 이동이 아니라 일상에 매여 있던 정신의 혁명이다.
그것은 시선의 변화, 습관의 탈피, 정신의 자각인 일종의 레볼루션,
'일상 혁명'인 셈.

너무나 평범하여 독특한 '일상 우주 여행'으로 가는 항공권은 '일
상 비틀기'에서 출발한다.

그것은 랭보의 바람구두 정신이고 니체의 망치, 카프카의 도끼, 케루
악의 비트, 존 콜트레인의 비밥, 혹은 어느 중학생 무명씨의 정신인
'OH, SHIT'다.
한마디로 이식받아 온 기계적 습관을 망치로 깨며 우주적 리듬 하나
하나에 몸을 맡기며 걷는 바람구두의 정신. 그 티켓만 있으면 어디든
떠날 수 있다.
그곳이 파리든 티베트든 고아든 그 어디든 간에.

내가 유럽과 인도차이나 여행을 통해 얻었던 최대 수확은 달콤한 여

행의 추억도 커다란 인생의 깨달음도 아닌, 바로 '여행자의 시선'이
었다.

그 '시선'은 구름을 기존 구름과 다르게, 하늘을 기존 하늘과 다르게,
버스를 기존 버스와 다르게, 식탁을 기존 식탁과 다르게, 빵을 기존
빵과 다르게, 밥알을 기존 밥알과 다르게, 무지갯빛으로 낯설게 보여
주었다. 또한 그 '시선'은 여행에서 돌아와 일상으로 컴백한 이후에
도 니체의 망치나 카프카의 도끼처럼 일상의 마취로부터 나를 오롯
이 지켜 주는 힘이 되었다. 한마디로 아서의 길을 열어 준 엑스칼리
버 성검과도 같다고 할까.

무엇보다 얼마나 깊이 보고 존재를 체험하느냐는 얼마나 멀리 여행
하느냐와 다르지 않았다. 여행에 있어 '거리'는 각자가 지닌 시선의
깊이 측정이다. 시선의 깊이. 그러하기에 앞서 철학, 과학, 인문학을
두루 여행한 선지자들의 도움은 회색빛 일상에 색을 입혀 줄 것이다.
그리고 성검과도 같은 여행자의 '시선'만 있으면 집앞 골목에서도 앙
코르와트의 일몰을 볼 수 있으며 동네 커피숍에서도 헤밍웨이가 될
수 있다.

그것이, 진짜 여행이다.

자 그럼 일상 우주로 떠날 준비, 혹은 일상을 비틀 준비가 되었는가?
당장 출발하자, 비용은 당신의 영혼 21그램.
OH, SHIT을 동반한 희열과 방탕 미소 도시락이면 충분하다.

여행의 발견이란 새로운 풍경을 보는 것이 아니라

새로운 눈을 얻는 것이다.

– 마르셀 프루스트

여행은 장소의 이동이 아니다.

플로리다든 파리든 룸비니든 모든 건
내가 있는 이 자리에서 만날 수 있다.
일상을 비틀 때 여행은 시작된다.

01 탈주 여행

천국보다 낯선 일상 혁명

에디: 정말 웃긴다, 새로운 곳에 왔는데 아무것도 달라진 게 없어.

윌리: 웃기지 마, 에디.

- 짐 자무시의 영화 〈천국보다 낯선〉 중에서.

명동에 캐리어 끌고 하루 여행,
마치 포리너같이

/ 이방인을 자처한다 /

오늘도 가방을 싼다. 유령이 되지 않기 위해. 캐리어에 몇 가지 물품들을 소중히 챙겨 넣었다. 양말과 카디건, 초콜릿 바와 스낵 몇 봉지, 얇고 가벼운 장 그르니에의 《섬》과 김수영의 시집도 잊지 않는다. 책들의 제목은 그때마다 바뀌지만 앞의 물품은 계절에 따라 두껍거나 얇아지는 정도.

명동여행을 시작한 지 석 달째. 그 전에 종로와 인사동, 경복궁 주변을 2년 동안 여행한 적이 있다. 하지만 애당초 지명이나 지도 따윈 사막에 그려진 잠깐의 모래 그림일 뿐. 인류 역사의 투쟁서일 뿐일 지도 그림은 시공의 바람 한 번에 흔적 없이 사라지리란 걸 나는 안다.

사실 나는 시공을 타고 도는 일상 우주 여행자다. 하여 때에 따라 중국인이자 에스키모인이며 몽골인, 때로는 체로키 인디언이나 켈트인이 되기도 한다. 내겐 바람의 융단 같은 캐리어가 있기 때문이다. 본시 사각의 캐리어엔 묘한 기운이 있어 그것을 손에 쥐고 차르르 끄는 순간, 이국 땅을 걷는 기분이 든다. 굳이 먼 곳을 떠날 계획이 없더라도, 애써 비행기 티켓을 끊지 않고서라도, 괜히 캐리어를 끌고 나서 본다. 동네 골목, 큰길, 지하철 역까지 차르르차르르. 아예 지하철을 타고 몇 정거장을 지난다. 역시 캐리어를 끌고.

나는 일상 우주 여행자이며, 당신 역시 그렇다. 일부러 캐리어를 끌고 걸어 보는 쉽고 사소한 일상 여행. 특히 여행자들이 많은 명동 같은 곳에서는 여행의 기쁨이 더욱 강렬해진다. 캐리어를 끌고 명동 골목에 서는 순간 나는 — 누가 봐도 — 이방인이고 이곳은 낯선 홍콩 거리 혹은 거미줄 같은 중국의 리장 골목, 때로는 페테르부르크 시나 시베리아 횡단열차 안으로 변한다.

"니 하오" "곤니찌와" 어느 날엔 일본인이 되어 보고, 다른 날엔 중국인이 되어 보기도 한다. 날씨와 기분에 따라 "센 베노"(몽골의 인사말) "부텐니"(에스키모 인사말) "싸바이디"(라오스 인사말)라 말하면서 몽골 사람, 에스키모 사람, 라오스 사람이라고 우겨 봐도 좋다. 전자에 대해서는 거의 많은 사람들이 속고 여행에 동참해 주지만 "센 베노" "부텐니"라는 말에는 고개를 갸웃거리거나 엉뚱한 비웃음을 사기도 하겠지. 그러나 그때마다 "니 하오" "셰셰" 몇 마디면 어렵지 않게 해결된다. 명동에서도 인사동에서도 대륙의 힘은 막강하다. 평소 진짜와 가짜의 구분이 모호한 대륙의 관광객 행세는 에스키모 인으로 변신하는 것보다 한결 수월하다.

소중하게 짐을 싼 캐리어를 끌고 지하철 계단을 올라 메인 거리로 들어선다. 차르르……. 캐리어의 감각을 느끼며 시원하게 명동 거리를 활보하자면 예컨대 이런 기분이다. "나는 혼자서, 아무것도 가진 것 없이, 낯선 도시에 도착하는 것을 수없이 꿈꾸어 보았다." 장 그르니에의 《섬》 중 〈케르겔렌 군도〉 편의 첫 문장과도 같은 그런 기분이다. 마치 이방인처럼 모르는 얼굴들이 오고 가는 명동 한복판에 섰다. 빽빽한 가로수처럼 늘어선 상가들 한가운데 군중의 물결 속에.

그 속에서 나는 혼자서, 아무것도 가진 것 없이, 낯선 도시에 도착하는 여행자가 된다. 아, 이 느낌. 그렇다. 9년 전 첫 여행에서였다. 어깨엔 백팩, 옆으로는 크로스백을 메고 한 손으로는 캐리어를 끌고 도착한 로마의 떼르미니 플랫폼. 첫 여행은 그렇게 시작됐다. 생면부지의 낯선 땅, 낯선 공기, 낯선 얼굴 속에서 내 모습조차 낯설어지는 경험. 대개의 여행자들에게 그러하듯 떠나기 전에 로마 관련 온갖 악소문을 미리 공부해 온 이에게 그곳은 공포와 동시에 설렘의 땅이게 마련이다. 말하자면 사막 한가운데 밀짚모자를 쓴 내가 도착한다. 그런데 나는 존 웨인의 권총도 없다. 그리고 주변을 돌아보니 사각거리는 낯선 공기가 회오리바람처럼 몰아치고 내 가슴은 두근거린다.

바로 그 낯선 공터 한가운데 서 있는 신생아의 공포와 설렘. 거기서부터 여행은 시작된다. 일상 우주 여행자가 되기 위해서는 바로 이 느낌을 기억하는 의식이 중요하다.

자신이 사는 곳 어디든, 예컨대 명동이나 인사동 같은 관광지도 좋고 집 근처 골목이나 공원, 박물관 어디든 좋다. 다만 모든 발걸음에 마법의 융단과도 같은 캐리어 소리가 실리도록 해야 한다. 이제 막 도시에 도착한 자가 끄는 캐리어의 명쾌한 감각처럼, 신생아의 공포와 설렘을 잊지 않고 지켜갈 것.

말하자면 그것은 '일부러 이방인이 되는 것'이다. 오늘 신생아처럼 껍데기를 벗는 것. 시원하게 훌훌.

그래서 장 그르니에는 또 이렇게 말한다. "내가 이러이러한 사람이라는 것을 드러내 보인다거나, 내가 가진 것 중에서 무엇인가 귀중한 것을 겉으로 드러내는 일. 아마 이런 생각은 다만 마음이 약하다는 증거에 지나지 않는 것인지도 모른다."

한마디로 나를 지켜 주는 사회적 이름이나 껍데기를 달고 다니는 것만큼 마음이 약해졌다는 증거가 또 없다는 것이다. 그런 의미에서 이방인은 아무 이름 없이, 외적 방패막이 없이, 오로지 내적 존재 확립을 시도하는 조촐한 변장술이다.

· ·

일상을 여행하는 이유, 스스로 낯설게 하기

여행자는 명동 거리를 걸으며 떼르미니 역에서 받았던 낯선 공기의 추억을 열어 본다. 난생 처음 방문한 도시를 걷듯 캐리어를 끌고 주변을 어리둥절하며 훑는다. 군중을 뚫고 "나는 저 상형 문구들을 읽을 줄 모르노라"라고 선언하듯 걷다 보면 한글 간판들이 낯설어진다. 이방인을 자처한 여행자는 안동찜닭, 전당포, 리안헤어 등으로 이어지는 간판을 찜동안닭, 포당전, 안리어헤 등으로 글자들을 섞어 의미를 모호하게도 만든다. 그러면 이곳은 아직 가보지 못한 페테르부르크 시처럼 흥미로워지는 거다.

낯선 꼬치어묵과 군것질거리를 파는 가판대들을 지난다. 중국인 단체 관광객들은 줄을 서 기다리며 꼬치어묵과 야채튀김에 감탄한다. 이방인이란 길거리 야채튀김을 레스토랑 코스 요리만큼 감동하는 자이다. 갓 태어난 아이가 아침에 눈 떠 천장에 매달린 모빌을 손에 잡으려는 듯 세상 풍경을 들여다보려는 본능이다.

바로 이 신생아적 이방인의 본능. 인간은 일부러라도 애써 이 본능을 기억해 내야 한다. 그것은 세상을 모호한 간판으로 읽지 않고, 살아 움직이는 둥근 모빌로 읽어 내려는 작은 몸짓이다. 그래서 일상을 사는 것만큼이나 여행하는 것도 중요하다. 매일매일 다시 태어나기 위해.

중국인 관광객이 되어 누리는 명동 여행은 너무나 당연해 지나쳤던 공기의 소중함을 대하는 일이기도 하다. 낯선 플랫폼에 처음 도착한 여행자 얼굴로 "셰셰" "웨이 선 메?"(왜요) "뿌 밍 빠이"(이해하지 못하겠어요) 하며 눈을 크게 뜬다.

즐거운 유희는 계속된다. 젓가락에 동그란 덩어리를 끼운 핫도그를 입에 물고 한류 연예인들이 박힌 잡지들도 구경하고 반짝거리는 액세서리도 만져 본다. 이곳이 배용준, 장근석, 현빈이 사는 땅이구나,

새삼 신비스럽다. 언젠가 만났던 태국 소녀처럼. 수년 전 썽태우를 타고 도착한 태국 한 가정집 TV에서 원더걸스를 본 적이 있다. 갖가지 브로마이드가 붙은 방에서 눈 맑은 태국 아가씨는 한국어를 공부하고 있었다. 지하철 티켓으로 넘어오는 이 땅이 누군가에겐 미지의 섬이고 꿈의 섬이기도 하다.

쏟아지는 인파들 사이를 지나 거리와 골목을 돌다 지치면 근처 카페에 들러 커피로 목을 축인다. 외국인들이 많이 다녀가는 별다방 쪽이 메뉴를 주문하기에 부담이 없다. "니 하오, 워 야오 이베이 카페이(커피 한잔 주세요.)"

굳이 이층까지 캐리어를 끌고 가 명동 시내가 한눈에 보이는 창가 쪽에 자리를 잡는다. 무엇보다도 그렇게 되면 그르니에처럼 '비밀'을 간직할 수 있을 것 같다. 아무도 나를 모르는 곳에서 여행 가방을 곁에 두고 세상을 지켜보는 기분. 누구도 내가 어떤 사람인지 모르고 누구에게도 내가 이러이러한 사람이라고 말할 필요 없는, 오직 이방인만의 지복이다.

말하자면 캐리어 도심 여행은 익숙한 한글 간판을 일부러 낯설게 읽는 것처럼 모든 당연한 것들로부터의 거리두기, 스스로를 낯설게 하기다. 비밀을 간직한 이방인이 통유리를 통해 명동의 풍경을 내려다보듯 익숙했던 내 주변의 풍경과 '나'란 인간을 영원한 이방인의 눈으로 다시 들여다본다. 나를 둘러싼 익숙한 일상, 예컨대 시계추처럼 똑딱거리며 지켜 왔던 익숙한 직장, 습관처럼 위로받던 TV 프로그램, 무조건 따라했던 유행 패러다임 같은 것을 신생아의 눈으로 반추하

는 것. 이는 사실 로마를 여행하든, 태국을 여행하든, 그리고 명동을 여행하든, 모든 여행에 있어서 마찬가지다.

일상 밖에 서면 일상 속에서는 잘 보이지 않던 나의 껍질이 좀 더 쉽게 드러나게 마련이다. 돌이켜보면 특히 낯선 문화 속에서 생고생을 하는 여행일수록 일상 속에 안주하던 내가 더욱 더 잘 읽히곤 했다. 마치 통유리를 통해 명동 풍경을 들여다보듯 일상의 기름 때를 응시하는 것이다.

그러니까 결국 여행이란 그곳이 로마든 인도든 일상 밖으로 걸어나가 일상 속에 길들여진 '나'라는 풍경을 이방인의 눈으로 바라보는 일. 바로 그것 아닌가. 그러하기에 발칙한 거짓말과도 같은 명동 여행은 — 큰돈 들이지 않고도 — 장기 여행자가 누리는 여행의 핵심을 시도해 볼 수 기회이기도 하다. 아이처럼 사뿐한 걸음과 신생아의 눈으로.

그래서 일상 우주 여행자는 한 달이나 일 년에 한 번이라도 이러한 여행을 시도한다. 반복적으로 구획된 일상은 사실 어떤 공포물보다 위험하고 무섭다. 비슷한 공간을 왕복선처럼 왔다 갔다 하다 보면 서서히 같은 호두과자를 찍어내는 호두과자 기계처럼 변해 가지만, 정작 공포는 이 사실을 눈치 채기가 어렵다는 데 있다. 왕복선처럼 오가는 레일 위에서는 많은 것들을 쉽게 지나친다. 평범한 날의 빛과 그림자, 구름의 신비, 참새나 비둘기의 스텝, 매일 뜨는 달 같은 것들. 거리에서 마주치는 아이의 웃음소리, 모르는 노인의 굽은 등이 주는 아련함 같은 것들. 보는 법을 잊었기 때문이다. 그것은 한마디로 병이다. 천천히 죽어가면서도 자신의 죽음조차 모르는 도시의 병사들이 걸리는 무서운 질병.

여행자 시선으로 일상 바라보기는 호두과자 기계와도 같은 생활에서 조용한 탈주를 시도해 보려는 작은 방편이다. 말하자면 일상의 왕복선을 돌다 생긴 두꺼운 껍질을 재확인하는 것. 피부와 정신에 쌓인 기름 때가 조금씩 두꺼워질수록 더 이상 느끼지 못하는 감각 또한 늘어난다. 그렇게 자아의 감각이 줄면 비슷비슷한 꿈, 말하자면 지펠형 냉장고 같은 꿈을 꿀지도 모른다. 같은 옷을 선택하듯 같은 미래를 선택한다. 아파트와 통장으로 점철된 삶이 미래다. 그렇게 그날의 업무만을 외우다 인기 있는 텔레비전 프로그램을 보며 웃다 잠드는 삶은 공포영화의 한 장면과도 같다.

그렇다. 조지 로메로 감독의 1968년도 명작 〈살아 있는 시체들의 밤〉과 같은. 독특한 개인의 영혼을 잃고 도시의 병사로 단체 구획되어 끌려다니다 보면 영화는 현실이 된다. 어쩌면 공포는 우리와 매우 가까이에 있다.

이방인되기는 무리에서 스스로 탈주하여 그것을 의심해 보는 것이다. A부터 Z까지. 내 욕망이 과연 내 욕망인지, 누군가의 욕망을 종교처럼 따르는 건 아닌지, 사회가 길들여 놓은 욕망이 마치 자기 삶의 신성한 목표인 양 사육되고 있는 건 아닌지 말이다.

〈살아 있는 시체들의 밤〉이 공포 영화인 이유는 여기에 있다. 이 메

커니즘은 정당성까지 이미 확보해 두어 무엇이 잘못됐는지 구분이
어렵다는 것이다. 따라야 할 욕망에서 벗어나면 그것은 부도덕이라
는 꼬리표를 달게 되며, 바로 죄의식과 불안을 원료로 거대자본 ―
종교 ― 사회가 굴러간다. 군이 라캉의 설명을 덧붙일 것도 없이 내
가 꾸는 것이 아닌 타자가 꿈꾸는 것, 내가 욕망하는 것이 아닌 타자
가 욕망하는 것을 좇는 삶은 도시 유령들 간의 근본 물음이다.

일상 여행 한 번에 많은 것이 변하지는 않겠지만 이방인의 눈으로 내
일상을 지켜보는 것은 도시 유령이 되지 않기 위한 작은 시도이다.

우리의 일상은 늘 발칙해야 한다. 언제나 도시에 처음 도착한 이방인
처럼. 모든 커피가, 모든 간판이, 그리고 핫도그와 어묵 꼬치가 난생
처음 대하는 동식물처럼 숭고해야 한다. 왕복선처럼 단련된 모든 당
연한 것들에 대한 회의와 의심. 이는 일상 탈주 여행의 가장 큰 수혜
다. 신생아의 눈으로 바깥에서 나를 응시하고 바로 보는. 쉽지는 않
겠지만 그렇다고 불가능하지만은 않다. 근육도 쓸수록 단련되는 것
처럼 일상 우주 여행의 고수가 될수록 내 껍질을 들여다보는 이방인
의 눈도 단련될 것이다. 그러니 오늘밤 당장 내가 사는 동네 지도를
펴 놓고, 여행 루트를 짜 보자.

내일은 뉴욕으로, 혹은 룸비니로. 차르르차르르 캐리어를 끌고.

태평양 한가운데로 떠나는
옥상 피크닉

/ 습관의 안경을 벗으면 내 집 옥상이 리얼 오즈 /

여행은 기본적으로 이곳에서 되도록 멀리, 저 멀리, 가능하면 무지개라도 넘어, 미지의 오버 더 레인보우를 꿈꾼다.

〈Over The Rainbow〉. 캔자스 외딴 시골집의 소녀 도로시도 무지개 너머를 향한 동경의 마음을 레몬 사탕 같은 목소리로 노래한 바 있다. 1939년에 만들어진 작품이라고는 믿어지지 않을 만큼 총천연색이 로드 무비 〈오즈의 마법사〉. 그곳에서 어여쁜 주디 갈런드는 여행을 떠나기에 앞서 이렇게 노래하지.

"무지개 너머 어딘가에 걱정은 마치 레몬즙처럼 사라져 버리는, 네가 찾는 그곳이 있을 거야."

네가 찾는 그곳은 자장가에 가끔 나오는 나라라고도 한다. 걱정은 레몬즙처럼 녹아 없어지고 바라던 소원은 현실이 되는 그런 곳. 도로시가 꿈꾸던 오즈다. 그렇다면 오즈는 어디에? 얼마나 멀리, 또 오래 가야 닿을까. 그야말로 무지개 너머 어느 곳?

그러나 피식, 일상 우주 여행자는 안다. 오즈(OZ). 자장가에 가끔 등장한다던 오즈는 사실, 사기였다. 그곳은 그저 마법사가 꾸민 요술의 세계. 보석처럼 빛나 보이던 에메랄드 시티는 마법사가 발명한 녹색 안경을 끼고 보는 환영이었다. 한마디로 깜빡 속아 넘어간 사기극! 오즈에 들어가려면 무조건 색안경을 껴야 하는데, 이 녹색 안경으로 인해 다양한 빛깔이 오직 하나의 색, 에메랄드 빛으로 보이는 것이다. 세상을 한 가지 색으로만 보게 하는 마법사의 안경 때문에.

결국 진실은 의외로 쉽고 간단한지 모른다. 강제로 씌워진 단조로움의 안경만 벗으면 된다. 그러면 굳이 무지개를 넘지 않고서도 우리는 오즈를 산책할 수 있다. 속아 넘어간 요술의 세계가 아닌 리얼 오즈를 머리에 이고 사는 우리 모두는 일상 우주 여행자이니.

그리고 그 오즈는 바로 내 집 옥상이다.

지금 발 딛고 있는 곳에서 하늘과 가장 가까이 닿아 있는 땅. 단조로움의 안경을 벗으면 내 집 옥상이 오즈요, 드넓은 항해가 시작되는 광활한 태평양이다. 일상 우주 여행자는 도로시처럼 도시락을 옆에 끼고 계단을 올라 하늘과 맞닿은 그곳 '리얼 오즈'로 틈만 나면 소풍을 떠난다.

여행자는 이 소풍을 두고 옥상 피크닉이라 부른다. 옥상 여행에 앞서

몇 가지를 준비해 보자. 사실 모든 여행의 재미는 준비하는 순간부터 생기는 것 아닌가. 여행 루트를 짜고 필요한 준비물을 사고 배낭을 싸고 하는 순간에 이미 여행은 시작된다. 혹자는 오히려 준비 기간이 여행이 준 기쁨의 절반 이상이라고 말할 정도로, 소풍 준비는 그 자체로 즐겁다. 이왕 떠날 여행 제대로 준비해 본다. 한번 준비해 놓으면 두고두고 언제든, 오즈의 땅으로 떠날 수 있다는 게 옥상 피크닉의 최대 장점이니.

손쉽게 들고 이동할 수 있는 야외용 테이블과 작은 파라솔, 피크닉 바구니를 준비한다. 테이블 보의 색감엔 특히 신경을 쓰자. 사실 이 사소한 아름다움은 일상 여행에서 누릴 수 있는 최대 권리다. 작고 저렴하나 아름다운, 얇은 지갑으로도 일상의 미를 즐기는 심미안은 일상 우주 여행자가 지닌 행복한 권능이다. 그리고 그날의 간식과 읽을 책, 간단한 퍼즐 같은 것들을 그때그때 곁들이면 충분하다.

그리고 나서 냉장고를 열어 본다. 있는 재료로 최상의 피크닉 요리를 만들 심산이다. 오래 전에 사다 넣어 둔 냉동실의 닭 가슴살을 물에 넣고 팔팔 끓인 뒤 새끼손가락만 한 크기로 두툼히 썰어 준비한다. 그리고 얇게 저민 마늘을 함께 넣어 해바라기유로 노릇하게 볶는다. 거기에 소금과 후추로 간한 뒤 남은 채소들로 세팅하면 간단히 피크닉용 샐러드가 마련된다. 얇게 버터를 바른 바게트나 토스트를 베트남 산 대바구니에 담고 초코칩 파운드 무스 같은 달콤한 디저트까지 곁들인다면 아주 풍만한 피크닉이 된다.

하지만 꼭 잊지 말아야 할 것이 있다. 바로 맥주다. 냉장고에서 갓 꺼낸 시원한 맥주는 태평양 항해에 필수품이다. 그리고 커피와 홍차는 취향이지만, 음악은 숙명이다. 시공을 가르는 일상 여행에 공감을 선사할 음악.

평범한 오후, 텅 빈 도심의 옥상에 한 번이라도 홀로 들어서 본 사람은 알 것이다. 광활한 태평양 바다 한가운데 떠 있는 그 기분을. 이 오즈로의 항해를 이끌 음악이라면 물론 개인에 따라 선택은 열려 있지만 미씽 아일랜드의 〈Maiden Voyage〉 앨범 정도면 그다지 나쁜 궁합은 아닐 것이다. 〈Maiden Voyage〉는 인생 최초로 떠나는 처녀 항해란 뜻이다. '처녀 항해'라 하면 사실 허비 행콕의 재즈 앨

범을 먼저 떠올리겠지만 실수투성이 도시 여행자의 기분을 느끼려면 미씽 아일랜드의 〈Maiden Voyage〉 쪽이 썩 잘 어울릴 것이다. 왜냐하면 이 앨범엔 계산을 버린 돌진의 기분이 들어 있기 때문인데, 특히 〈길을 잃지 않도록〉을 들으면 그 앞이 낭떨어지건 막힌 벽이건 간에 순수 희열로 돌진하는 버진 에너지가 느껴진달까.

사실 이 앨범을 작곡한 이는 한눈에 내려다보이는 운전면허 시험장을 매일 쳐다보며 영감을 떠올렸다고 한다. 그곳에서 처음 운전대를 잡은 초보 드라이버들이 그저 돌진하다 벽을 들이박기도 하고, 구덩이에 빠져 뒤집히기도 하는 모습에서 바로 '첫 항해'를 떠올렸던 것. 들이박건 넘어지건 간에 떠나는 처녀 항해. 간식부터 놀거리, 그리고 여행의 휘발유인 음악 준비까지 마쳤다면 본격 항해에 들어선다. 도시락을 옆에 끼고 천천히 옥상 계단을 오르며.

활짝 연 옥상문. 첫 항해에 나서는 마도로스가 옥상 위로 배를 띄우는 순간이다. 안경을 벗은 도로시는 그렇게 오즈에 도착했다. 낡은 빌라 옥상, 한 손엔 야외용 테이블, 다른 손엔 프랭크 바움의 책을 옆에 끼고서. 일단 출발해 보면 누구나 느낄 수 있을 것이다. 상상 이상으로 고요한 평범한 날의 도심 옥상은 상상 너머의 미지의 분위기가 감돈다. 어쩐지 외딴, 홀로 떠 있는 무인도와 같은 그런.

그러니까 평범한 오후, 조용히, 누구도 몰래 은밀히, 홀로, 피크닉 가방을 두르고 도착한 낡은 옥상이다. 중심에 도착해 천천히 사방을 둘러본다면……. 일상 우주 여행자라면 누구나 이런 기분과 만날 것이다. 그야말로 태평양 한가운데 떠 있는 한 조각 섬이로구나.

먼저 옥상 가운데서 부표처럼 한 바퀴 빙 둘러 보자. 동쪽과 서쪽으로는 아파트 단지, 북쪽엔 골프 연습장, 바로 곁에는 다른 빌라의 옥상 섬들이 보인다.

여행자는 이동식 테이블을 활짝 펼치고 그 위에 격자무늬 테이블 보를 시원하게 깐다. 쨍한 하늘빛과 파란 파라솔. 마도로스가 마시는 첫 술잔처럼 고운 어느 평범한 날이다. 준비한 음식들을 펼치고 일단 간이의자에 앉아 첫 숨을 고른다.

두둥실 홀로 옥상 위에 뜬 채로 파라솔 달린 피크닉 테이블 앞에 앉은 기분. 이 기분을 보다 깊게 느끼려고 조용히 눈을 감는다. 그러면 더 많이 보이기 때문이다. 안경을 벗은 도로시의 시선으로 세상 느끼기. 소리의 풍경은 오히려 깊다.

멀지 않은 곳에서 들려오는 클랙슨 소리, 배달 오토바이가 내는 요란한 기계음……. 바깥 소리들이 꼭 남의 것 같기만 하고 이 한 조각 섬 안으로까지는 진입하지 못하는 게 놀랍다. 마치 옥상 주위로 투명한 스크린이 둘러쳐 있어 중력의 세상과는 별도의 공기를 뿜어내듯 아늑하다. 이상할 정도로 고요한 도심의 옥상. 사실 주변 어디에서도 인간의 목소리, 사람 그림자 하나 발견할 수 없다.

그러니까 그 시각, 옥상 위엔 오로지 여행자 홀로 떠 있다. 옹기종기 모여 있는 빌라와 아파트 어디에도 옥상은 반드시 있지만 어김없이 텅 비어 있다. 텅텅. 평범한 오후 옥상에 올라와 피크닉 테이블을 펼치고 차를 마시거나 쿠키를 먹는 습관이 있는 사람을 이 도시에서 마주하기란 쉽지 않다. 그리하여 세상 모든 옥상이 오직 나 한 명을 위해 서로 짜고 철문을 굳게 잠근 것처럼 묘하다. 결과적으로 다도해 한가운데 둥둥 뜬 인간이라곤 나 하나뿐! 사람이 떠나 버린 원시의 섬과도 같은 평일의 옥상은 그래서 미지의 세계이고 오즈의 냄새로 가득하다.

쨍한 하늘 아래서 〈Maiden Voyage〉 앨범을 들으며 맥주를 홀짝인다. 그리고 녹색 하드 커버로 된 《오즈의 마법사》를 펼친다.

도로시는 바람을 타고 훨훨 날아 먼치킨 나라에 떨어졌다. 그녀 역시 처녀 항해였던 터라 떨어지면서 자신이 타고 있던 집으로 동쪽나라 마녀를 찍하고 실수로 눌러 무찌른다. 그렇게 시작된 노란 황금길로의 여행. 도로시가 황금길을 따라 여행하는 사이 여행자는 맥주 두 캔, 홍차 한 잔 반을 마신다.

리얼 오즈의 비밀: 프라하성엔 프라하성이 없고

정오의 태양이 기울자 한층 아늑해진 볕과 바람이 태평양 한가운데로 불어온다. 그리고 도로시는 마법사가 사는 에메랄드 시티에 당도한다. 봐도봐도 즐거운 반전이다. 그토록 기대했던 여행의 끝인 오즈는 색안경으로 만나는 연출된 트릭의 세계다. 하지만 바로 이 싱거운 엔딩으로 프랭크 바움이 만들어 낸 도로시의 여행은 명작 반열에 오른다. 오즈의 비밀은 종착지인 에메랄드 시티가 아닌 그저 길 위에 있었다. 소원은 마법사가 들어주는 것이 아니었고 다만 길 위에서 스스로 키워 가는 것이었다. 도로시와 친구들은 황금길의 여정 속에서 그리고 마녀를 무찌르는 모험 속에서 소원을 스스로 창조해 간다. 허수아비는 지혜를, 차가운 양철 나무꾼은 심장을, 소심한 사자는 용기를, 여행을 통해 길 위에서 생성해 냈다. 그리고 도로시는 오버 더 레인보우의 속뜻을 깨달아간다.

Over The Rainbow. 그곳은 어디일까? 멀리 무지개 너머 그러고도 얼마나 멀리, 또 오래 가면 닿을까?

몇 해 전 체코 프라하를 여행했던 적이 있다. 동유럽 특유의 마법적 분위기가 흐르는 그곳은 골목에서 마녀를 태운 마차가 지나다닐 것 같았다. 특히 언덕 위에 우뚝 솟은 프라하성은 마법의 정서가 깃든 도시를 한층 돋보이게 했다. 많은 사람들이 까를교 위에 서서 고개를 쳐들고 언덕 위에 솟은 성을 동경의 눈빛으로 바라봤다. 두터운 성벽의 건물 뒤로 마법사의 고깔모자처럼 뾰족이 솟은 저곳이야말로 성의 중심일 테지, 생각했다. 그리고 어느 날 나는 그 성을 올랐다. 대장장이들이 숨었을 것 같은 골목과 큰 도로를 지나고 계단을 올라 언덕 꼭대기에 도착한다.

드디어 도착했다. 그런데 없다. 보다 정확히는 언덕 아래서 쳐다봤던 상상의 그 성이 없다. 그곳은 사실 몇몇 관공서와 성당, 아주 작은 성이 모여 있는 마을이었다. 많은 사람들이 프라하성이라 예상했던 뾰족이 솟은 그곳은 성당이었다. 그러니까 상상의 프라하성은 대성당

과 수도원, 관공서들이 만들어 낸 일종의 이미지였다. 그저 상상의 오즈. 마술적 야릇함이 깃든 그 성은 오직 밖에서, 전체로 조망해야만 보이는 오즈였다. 환상의.

그리고 뒤돌아 언덕 뒤편을 걷는데 놀라운 미지를 목격한다. 이번엔 언덕 아래로 또 다른 미지의 세계가 펼쳐진다. 빨간 지붕들이 융단처럼 펼쳐진 그곳, 정말 아름다웠다. 그런데, 바로 그 미지의 세계는 조금 전까지 내가 서 있던 땅이다.

그러니까 여기서 보면 저기가 오즈고 저기서 보면 여기가 또 다른 미지의 땅이다.

오즈란 그런 곳이다.
그러니까 단조롭게 세상을 보도록 씌운 사기꾼 마법사의 색안경을 벗으면 내가 사는 이곳이 오즈다.
하늘과 맞닿은 리얼 오즈. 색안경을 벗고 중력의 법칙에서 벗어날 작은 탈주의 시도만으로도 여기는 폴리네시아인이 첫 항해에서 만났다던 전설의 섬 모아이가 된다.
여행자는 속지 않는다. 이제 더 이상 언덕 위, 혹은 무지개 너머 존재한다고 믿도록 훈련된, 환상의 오즈에 속아 넘어가지 않는 대신 내가 선 땅에서 오즈를 스스로 구축한다. 세상 모든 여행자는 정확히 자기 머리 위에 리얼 오즈를 살포시 이고 살기에.

커피 한 잔을 위해
공항에서 오후를

/ 태양을 향해 이카루스의 날개를 편다 /

살면서 우리는 공항을 몇 번이나 찾을까?

많은 사람들은 국제공항을 해외여행의 출발점 정도로 방문한다. 때에 따라 긴 인내와 기다림 끝에 출발하는 새로운 시작 말이다. 특히 직장에 매여 있는 도시 노동자들은 몇 번의 휴가를 아끼고 모아 공항 버스에 오른다. 난생 처음 용돈을 쥔 아이의 심정으로. 그렇지만 왜 굳이? 누구도 공항에 들어섰다고 다짜고짜 티켓부터 요구하진 않을 텐데 말이다.

일상 우주 여행자는 바로 이 공항을 마치 집 앞에 있는 카페처럼 이용한다. 어느 날 문득 유랑의 공기를 마시고 싶을 때, 다국적 사람들이 뱉어낸 달 뜬 느낌이 그리울 때, 동네 마실을 나가듯 그렇게 슬슬. 공항이 지닌 아우라는 기대 이상으로 강하고 직접적이다. 그곳을 우리는 충분히 여행자의 두근거림으로 향유할 수 있다. 왕복 티켓 없이도. 게다가 24시간 항시 오픈되어 있다. 활짝 열린 그곳은 어딘가로 멀리 떠나려는 자의 열기와 먼 어딘가에서 이제 막 도착한 자가 토해 내는 이국의 숨결 때문일까. 아무튼 떠도는 공기부터 남다르다. 유랑자들의 다양한 표정들이 섞인 공항은 자체만으로 입체적인 여행지다.

무엇보다 — 상당히 유치하지만 — 그래도 솔직해지자면, 특히 콩고, 케냐, 아르헨티나, 그리스 등에서 온 피부색이 나와 다른 사람들을 몇 센티미터 앞에서 스치는 기분은 어려서나 지금이나 재미나다. 별다른 노력 없이도 이국의 기분을 느낄 수 있고 떠나지 않고도 여행자가 될 수 있기 때문이다. 유치하지만 사실이 그렇다.

어느 오후 홀연히 들르는 공항은 그야말로 살아 있는 카페이고 이국의 산책로다.

여기에 작은 재미를 하나 더 추가하자. 이왕이면 끝까지 유치한 기쁨을 누리자는 것이다. 툭하면 검색 순위에 오르는 공항 패션. 빈티지 흰 티셔츠에 검정 스키니 바지. 그리고 회색 머플러를 살짝 둘러 주는 것 또한 공항 산책이 주는 즐거움이다. 가능한 한 내추럴하게.

그렇게 도착한 공항. 들어서는 순간, 이미 지구 끝 편 티켓이라도 쥔 것마냥 설렌다. 튀니지, 핀란드, 독일, 레바논, 스페인, 홍콩……. 찰칵찰칵 바뀌는 전광판의 지명들은 새벽 경매시장만큼이나 생생하다. 도다리, 갈치, 고등어…… 갓 잡아 올린 생선의 힘찬 꼬리처럼 지명들이 찰칵찰칵 뛴다. 무엇보다 사람들 표정은 도다리나 갈치가 지닌

꼬리 힘 이상으로 싱싱하다.

체크인 카운터 앞에 길게 늘어선 줄 속의 사람들 표정은 더더욱 그렇다. 그중에서도 고대하던 여행을 실행에 옮기는 배낭 여행자들의 상기된 표정은 유독 산뜻하다. 그리고 심플하게 차림새를 갖춘 비즈니스 여행자들, 길쭉한 골프 가방에 고급 트렁크를 몇 개씩 끌고 기다리는 호화 여행자들. 하지만 표정만큼은 공통적이다. 신세계로 열려 있는 거침없는 설렘!

이쯤에서 일상 우주 여행자는 괜히 누군가가 다가와 "저기, 어디로 가시죠?" 물어봐 주는 상상을 해본다. 그러면 어깨를 으쓱하며 "단지 커피 한 잔하려구요"라며 가볍게 응대해 주는 여행. 일종의 농담 같은 여행이다. 한 잔 커피를 위해 떠난 공항 여행은 생활인으로서의 자신에게 보내는 소박한 유머이고 찬가다.

• •

공항 카페에서 신화적 오후 누리기

이 여행을 떠나기 가장 좋은 시간은 해 지기 서너 시간 전. 바로 일몰을 보기 위해서다! 공항에서의 일몰은 칸 해변이나 앙코르와트와 같은 세계적 일몰 명소에서 바라보는 것과 다른 매력이 있다. 달러나 유로, 루피로는 구매할 수 없는 풍경. 그러니까 그것은 신화적 풍경에 가깝다.

태양과 비행기. 태양과 두 날개. 익숙한 이 풍경은 밀랍 날개를 달고 태양을 향해 날아올랐던 이카루스를 떠올리게 한다. 그리고 무엇보다 날개와 비행기. 이카루스와 여행자. 이 둘의 묘한 공존을 일상 우주 여행자는 해질녘 공항 카페에서 만나곤 한다.

이곳은 인천 공항의 4층. 일상 우주 여행자의 비밀 노트 같은 곳이다. 특히 4층에서는 출국층의 모습을 한눈에 내려다볼 수 있는데, 몸수색을 마치고 한결 가벼워진 차림새로 걷는 사람들이 면세점을 기웃거리는 모습들도 보인다. 게다가 밖이 훤히 내려다보이는 통유리로 된 라운지 카페가 있다. 그곳 창가 쪽 전망 좋은 자리를 골라 앉아 보자. 서서히 해가 지려 한다.

통유리 밖으로는 거대한 붕새와도 같은 비행기가 한눈에 보인다. 사실 비행기가 이륙 전에 슬슬 이동하는 모습은 몇 시간을 지켜봐도 전혀 지루하지 않다. 눈앞에서 거대한 생물체가 큰 덩치를 움직이는 풍경. 꼭 와이드비전으로 보는 아이맥스 영화 같기도 하고. 탑승을 기다리는 수많은 사람들이 오직 그 한 풍경만으로 버틴다. 결코 지루하지 않게.

그리고 지금은 오후 다섯 시. 잠시 뒤면 서서히 떨어지는 태양과 이카루스의 날개를 닮은 비행기가 조금씩, 그러다 갑자기 가까워질 것이다. 신화적 오후. 곧 그 풍경이 펼쳐지려 한다.

그러니까 아주 먼 과거에 한 아버지와 아들이 있었다. 왕의 노여움으로 아버지는 자신이 만든 미궁에 아들과 함께 갇힌다. 미궁을 만들어냈을 정도로 재주 많은 아버지는 이내 탈출을 계획한다. 새 깃털을 꿀벌의 밀랍으로 가닥가닥 붙여 날개를 만든 뒤 아들 이카루스와 날아올라 탈출할 작정이다. 아버지는 경고한다.

"이카루스야, 이카루스야, 밀랍 날개는 위험하니 너무 높게도 또 너무 낮게도 날지 마라."

너무 높이 날면 태양 때문에 밀랍이 녹을 것이고, 너무 낮게 날면 바닷물에 날개가 젖어 위험하기 때문이다. 아버지는 아들을 초조히 바라보며 하늘을 나는 법을 가르쳤고 둘은 힘껏 날아올랐다. 하지만 이

카루스는 새처럼 나는 것이 마냥 신기하여 아버지 경고를 잊은 채 더 높이 날아올랐고, 결국 밀랍이 녹아 에게해에 떨어져 죽고 말았다.

그리고 숱한 세월이 흘렀다. 그런데 세월이 아무리 흘러도 세상의 아버지들은 똑같은 염려로 경고한다. "이카루스야, 이카루스야, 너무 높이도 또 낮게도 날지 마라. 그저 적당히 위험하지 않게 안전지대를 유지해라." 그러나 이 땅의 새로운 이카루스들은 미지의 태양이 마냥 궁금해 거대한 날개를 펼쳐 연신 날아오르려 한다. 밀랍이 녹아 에게해 깊숙이 처박힌다 해도 아랑곳없이.

신화의 풍경은 지금 이곳, 공항의 아름다운 오후 속에서도 이어진다. 해는 내려가고 하늘도 점점 주홍빛으로 변해 갈 무렵. 비행기 한 대가 안전점검 태세로 들어간다. 날개를 살피고 바퀴와 엔진을 살핀다. 왼쪽 오른쪽 날개를 꺾었다 내렸다 하면서. 그렇게 붕새는 지상 위에서 바퀴를 구르며 날아오를 준비를 마친다. 서서히 몸을 풀었으니 이제 전속력으로 달리는 일만 남았다. 점점 스피드를 내다 어느 순간 갑자기, 스스로 낼 수 있는 최고 속도를 한 번에 쏟은 채 비행기는 달리기 시작한다. 그러다 정말 한순간! 거짓말처럼 단번에, 붕새는 날아오른다. 몇 번을 봐도 속이 시원해지는 풍경이다.

일상 우주 여행자는 이제 막 떠오른 비행기를 보며 상상한다. 그 안에 타고 있을 숱한 이카루스들의 얼굴을. 왜 이카루스는 엉성한 밀랍 날개를 달고 아버지의 경고도 무시한 채 굳이 태양을 만지려 했을까? 엉성한 밀랍 날개 따위를 뭘 믿고? 다시 말하면 왜 불나방은 쉼 없이 불로 뛰어드는 걸까. 자신의 죽음을 망각한 채. 이유는 간단하다. 닿을 수 없어도 좋은 것이다. 끊임없이 이곳에서 저곳으로 이어가는 진자운동 자체만으로 충분한 것이다. 이카루스들은 숱하게 반복하다 아주 작은 가능성을 만나려는 것이다.

까맣게 박힌 점 하나. 지는 해 속에서 태양과 붕새가 만나 이룬 작고 까만 흑점. 그런데 흑점은 태양도 신도 아버지도 아니다. 어디서 많이 본 듯한 얼굴, 자기 얼굴을 닮았다. 세상의 모든 이카루스는 결국 "나는 누구인가?"라는 물음, 까만 흑점을 위해 무수히 태양으로 뛰어든다. 자기 얼굴을 닮은 흑점을 만나기 위해. 이카루스들은 오늘도 여전히 태양을 향해 불화살을 쏜다. 그렇게 불화살을 당기며 여행자는 태양의 얼굴이 아닌 자신의 흑점을 키울 것이다.

어느덧 세상은 푸른빛으로 변한다. 공항은 저녁을 맞았다. 일상 우주 여행자는 통유리 카페 안을 둘러본다. 내 옆에 앉은 빨간 머플러 아가씨는 도착할 벗을 기다리는 것일까, 이제 곧 새로운 세계로 떠나려는 것일까. 이유야 어쨌든 지금도 여전히 붕새는 날아오른다. 닿지 않아도 좋다.

엉성한 날개가 녹아 추락해도 좋다.

끊임없는 진자운동을 이어가며 여행자는 자신의 흑점을 키울 것이다. 공항에서 신화적 오후를 보낸 날이면 여행자는 먼 시간, 먼 생을 다녀온 듯 위안을 얻는다. 지도에도 없는 먼 생을 다녀온 오렌지빛 오후.

여기는 카오산, 팟타이 만들어
배낭여행자처럼

/ 팟타이는 자유의 맛이다. 알렉산더 대왕도 정복하지 못한 /

"너의 방을 보여 달라, 그러면 네가 어떤 사람인지 말해 주겠노라"고 도스토옙스키는 말했다. 그런데 훗날 프랑스 미식가 브리야 사바랭은 이렇게도 말했다. "당신이 무엇을 먹는지 말해 달라. 그러면 당신이 어떤 사람인지 말해 주겠노라." 오죽하면 니체는 음식이 철학에 끼치는 영향을 연구하겠다고 '영양 철학'이라는 분야까지 개척하려 했을까. 또 자연으로의 회귀를 주장했던 루소는 요리 과정을 최소한으로 줄인 삶거나 날 음식을 선호했고 무소유의 철학자 디오게네스는 밥그릇까지 던져 버리고 손으로 먹으려 했다.

한마디로 무엇을 어떻게 먹느냐는 그 사람의 정신과 철학, 의지의 표현이다. 그래서 일상 우주 여행자는 이런 날의 정오엔 팟타이를 볶

는다. 점심 시간조차 짬이 안 나는 사무실에서 매일 모이를 받아먹듯
배달 음식만을 시켜 먹을 때. 그러다 문득 내가 사육당하고 있구나
하고 오피스 사육 생활에 진저리를 느낄 때, 그런 날은 팟타이를 볶
는다.

그것도 카오산표 길거리 팟타이 방식 그대로.

· ·

카오산의 팟타이는 유목의 맛

여기는 여행자들의 배꼽, 방콕 카오산 로드다. 이제 막 여행을 시작
하는 사람이나 여행을 끝내고 돌아가는 사람, 아니면 나라를 갈아타
려고 머무르는 자들이 섞인 카오산은 알려진 대로 여행자들의 베이
스캠프이다. 방콕 공항에서 내린 많은 여행자들이 여행의 첫걸음을
떼는 카오산 로드. 너나 할 것 없이 방람푸 시장 근처 300미터 쭉 뻗
은 이 길에 들어서야 비로소 여행의 신호탄을 울린 셈이다.

낡은 슬리퍼를 질질 끌며 장발의 레게머리와 팔뚝에 타투를 한 청춘
들이 어슬렁거리며 거리를 활보하는 그곳에는 온갖 국적의 사람들,
천 가지 사연을 가진 인간들이 모여든다. 여행자들의 사랑방 같은 카
오산 거리에서 호주에서 온 할아버지와 아침 인사를 하고 정오엔 칠
레, 독일, 프랑스 사람들과 친구가 된다. 그리고 저녁엔 일본과 터키,
이탈리아, 샌프란시스코 청춘들과 맥주잔을 나눈다. 그런데 온갖 국

적과 다양한 사연들이 뒤엉킨 만국의 거리에 어느 누구도 지나칠 수 없는 공통점이 있다. 거의 모든 사람이 팟타이를 먹었다는 진실. 이는 정녕코 사실이다.

태국에서 만나는 가장 흔하고 간편하며 맛도 좋은 태국식 볶음국수 팟타이. 그중에서도 카오산 로드의 팟타이는 태국의 맛이면서 동시에 무국적 유목민의 맛이다. 거기엔 배낭을 내 집 삼아 떠도는 청춘의 시간들이 비벼져 있다. 각설탕처럼 바르고 달콤한 스위트 홈을 뿌리치고 뛰쳐나온 유목민의 거친 발자국들이 국수 가락가락에 찍혔다.

무엇보다 그 맛은 이렇다. 레스토랑에서 갓 볶아 나온 신선한 재료의 풍미 대신 대용량 싸구려 피시 소스가 담뿍 뿌려진 길거리 손수레표 팟타이. 그것이 카오산의 맛이며 유목의 맛이다.

카오산 거리에 있는 팟타이 국수집. 보통 손수레 위에 커다란 주물팬을 올려놓고 연노랑이나 갈색이 나는 색색별 누들을 주문과 동시에 골라 볶는다. 양배추와 숙주 등을 섞고 대용량 피시 소스를 뿌리고 거리의 먼지 가득 얹은 갈색 국수 가락을 버무린 맛은 기가 막히다.

그러나 역시 제맛은 일회용 접시를 들고 땅바닥에 털썩 앉아 집도 절도 없는 운수납자처럼 먹는 순간에 있다. 낮 동안 뜨끈하게 데워진 카오산 돌바닥에 철퍼덕 앉아 맛 좋은 국수 가락을 정신없이 먹어대도 누구 하나 이상하게 보지 않는다. 그 모습이 곧 내 모습이므로.

따뜻한 공기가 막 피어오르는 초여름의 정오. 여행자는 볶는다. 자기 집 부엌에 서서 팟타이를 볶는다. 마트에서 저렴하게 구입한 쌀국수

를 미리 물에 불리고 커다란 냄비에 준비한 채소를 넣는다. 파란 청
경채나 빨간 파프리카가 들어가면 산뜻하겠지만 없는 대로 시금치
나 양배추로 대체해도 좋다. 그러나 숙주, 숙주는 꼭 들어가야 한다.
사각거리는 숙주에 불린 쌀국수를 넣고는 간장, 피시 소스, 굴소스를
첨가해 노릇노릇해질 정도로 볶는다. 최대한 빨리 그리고 골고루 양
념이 배게끔 프라이팬 위에서 굴려주며 볶는다.

사실 찌는 듯한 무더위 속에서 볶아 주면 더 좋다. 이왕이면 에어컨
과 선풍기마저 끄고 땀을 박박 흘리며 진득한 기름 향을 느껴가며 볶
는 거다. 촤, 하고 국수 가락이 기름에 막 닿는 소리와 채소들끼리 얽
히고설키는 무도를 즐기며.

마지막으로 배낭여행자들의 아름다운 사치, 달걀을 깨뜨려 넣는다. 일반 팟타이보다 에그팟타이는 200원 정도 더 비쌌다. 바로 그 작은 사치를 떠올리며 달걀을 톡하고 깬다. 소중한 달걀이 덧입혀지면 여행자는 대단히 건강해지는 기분이 든다. 이대로 쭉 인도, 네팔, 부탄까지도 문제없을 정도로.

그리고 완성된 팟타이를 값싸고 탄탄한 일회용 흰 접시 위에 투박하게 담는다. 따뜻한 김이 송글송글 오르는 팟타이. 역시 땅콩이 빠질 수 없다. 미리 홍두깨로 부숴 갈아둔 땅콩을 그 위에 듬뿍 뿌린다. 그리고 영원히 변치 않을 이 철칙. 식탁도 쟁반도 필요 없다. 흰 접시를 손에 들고 땅바닥에 엉덩이를 깔고 앉아 무한한 감사의 마음으로 먹는 것이다. 사흘 굶은 여행자처럼 마파람에 게 눈 감추듯.

샌프란시스코에서 온 선생님도, 파리 대학 학생도, 독일의 젠틀맨도 거리의 팟타이를 그렇게 즐긴다. 거리를 걸으며 후루룩 면을 빨아들이거나 그보다 많은 사람들이 카오산 땅바닥에 앉아 즐긴다. 한결같이 떠도는 걸인처럼 바닥에 앉아 팟타이 한 접시로 허기를 달래고 그래서 감사해 한다.

말하자면 그것은 디오게네스적이다. 대략 기원전 400년경에 태어난 그리스 철학자 디오게네스. 그는 스스로를 거지 혹은 개라고 불러달라고 했다. 커다란 술통을 끌고 다니며 그 통을 옆으로 눕혀 주거로 삼았고 남보다 길게 만들어 옷자락을 이불 삼아 잠을 청했다. 왕에게 아첨하느니 콩 몇 알에 감동하는 행복을 누리겠다던 그는 콩을 주식 삼아 살았다. 그러면서 그는 인간의 자연스러운 욕구와 행복을 주창했으며, 자연스러운 것은 부끄러울 것도 흉할 것도 없으니 감출 필요 또한 뭐가 있으랴 하며 웃었다. 그리고 훗날 손으로 물을 마시는 어린아이들의 모습을 보고 감동하고는 가지고 있던 숟가락과 밥통마저 던져 버리고 오직 손으로 음식을 취한다.

디오게네스가 죽은 지 대략 2천 년이 넘었다. 일상 우주 여행자는 땅바닥에 앉아 접시에 코를 박고 땅콩가루를 살살 묻힌 팟타이를 한 입에 넣는다. 마음은 동네 골목이나 공원 바닥을 바랐으나 언제부터 우리는 홀로 땅바닥에 주저앉아 국수를 먹는 것을 대단히 부끄러워하게 됐다. 한마디로 거지 같다고 말이다.

어머니 자궁에서 나온 이후부터 인간은 실로 예절과 이데올로기라는 계단을 오른다. 차곡차곡 한 단계 한 단계 계단을 오르면서 우리는 디오게네스가 주창한 자연스러움과는 점점 멀어진다. 그런데 여행자는 이 계단을 거꾸로 내려오는 자이다.

땅바닥에 앉아 국수를 먹고 바닥에서 잠시 낮잠을 누리는 여행자는 타고 오르기만 했던 관습적 계단을 거꾸로 내려 밟는다. 거꾸로 계단을 밟고 다시 내려와 태초의 식탁과 잠자리를 만난다. 디오게네스와 떠나는 길거리표 팟타이 여행의 맛이란 바로 이 맛이다.

팟타이 한 접시는 알렉산더 대왕도 정복하지 못한다

팟타이를 볶은 날이면 카오산표 칵테일을 빼놓을 수 없다. 카오산 로드에 있는 노천 칵테일 주점에서는 양동이처럼 생긴 플라스틱 바구니에 칵테일을 부어 판다. 오렌지나 레몬에 럼, 보드카를 섞어 빨대를 꽂아 먹는 바구니 칵테일. 양동이같이 생긴 바구니를 통째 흔들며 먹는 이 칵테일에는 분명 각설이스러움이 담겼다.

아테네의 거지 철학자 디오게네스를 추억하며 싸구려 플라스틱 바구니를 준비한다. 얼음으로 절반을 채우고 럼이나 보드카를 바닥이 젖게끔 깐다. 그리고 그 위에 오렌지 주스나 크랜베리 등 입맛대로 과실 주스를 붓고 살살 바구니를 흔든 뒤 빨대를 꽂으면 완성된다. 아주 간단하다. 여기에 라임이나 레몬을 잘라 조각배를 띄우듯 넣어주면 한결 멋스럽게 즐길 수 있다. 바구니가 준비 안 됐다면 아쉬운 대로 투명 컵에 따른다. 바닥에 앉아 팟타이를 후루룩, 싸구려 칵테일을 쭉 들이켜면 이런 기분이 든다.

나는 알렉산더 대왕 앞에서도 당당해질 수 있다.

일광욕을 하던 디오게네스와 알렉산더 대왕의 일화는 유명하다. 그리스에서 인도에 이르는 대제국을 건설한 알렉산더 대왕이 햇볕에 누워 자족하는 디오게네스 앞을 지나다 걸음을 멈춘다. 지혜로운 노

인에 대한 예의가 그래도 남아 있던 고대였기에 가능했을지 모르지만 대왕은 디오게네스의 태평 포스에 이끌려 다가와 이렇게 묻는다. "당신이 그 유명한 디오게네스인가? 원하는 소원 하나쯤은 나 알렉산더 대왕이 성심껏 들어주리라."

그때 디오게네스는 딱 한마디 한다.
"아무것도 필요 없으니 앞에서 좀 비켜 주오, 햇빛 가리지나 말고."

그러자 디오게네스의 말을 듣고 대왕이 건넨 말.

"내가 알렉산더 대왕이 아니었더라면 디오게네스가 되기를 바랐을 것이다."

살짝 측은해지려고도 한다. 알렉산더, 그는 어쩌면 정벌로 점철된 자신의 삶에 대한 정당성을 디오게네스에게 베푸는 덕으로 회복하고 싶었는지 모른다. 전쟁터에서 늘 적의 칼날을 노려보며 긴장 속에서 살던 알렉산더에게 디오게네스의 태평함은 그가 끝까지 정복하지 못한 마지막 대륙이었을 테니.

그리고 그 대륙은 어쩌면 먼지 폴폴 뒤집어쓴 거리의 맛, 팟타이의 맛이다. 자유의 맛이다. 알렉산더 대왕도 끝까지 정복하지 못한.

갠지스로 떠나는 정류장 소풍

/ 조바심을 내든 풍경을 즐기든, 와야 할 버스는 온다 /

버스 정류장은 지상 최대의 명상지다. 그곳으로 떠난 시간만큼은 세상에서 가장 온유한 자의 미소를 머금어 볼 수 있다. 전에 없던 초연한 얼굴을 지녀 볼 수도 있다. 마치 고독한 암자의 스님처럼. 쉬지 않고 오가는 버스, 끊이지 않고 오르고 내리는 승객들.

기다리고 떠나고 나타났다 사라지고…….

마치 거대한 강물의 흐름처럼 풍경이 흐른다. 그런데 끊임없이 변하고 흐르는 풍경과는 상관없이, 시곗바늘의 초침과는 무관한 거의 유일한 사람처럼 온갖 여유를 누려볼 수 있다면? 일상 우주 여행자는 어느 날 문득, 집 앞 가장 가까운 정류장으로 소풍을 떠난다.

그런데 지상에서 가장 여유로운 이 여행의 이유는 싱거울 정도로 간단하다. 왜냐, 애 . 당 . 초 . 기 . 다 . 리 . 는 . 버스가 없으니까!!

고도를 기다리지 않는 단 한 사람

아직 오지 않은 버스를 목 매고 기다리는 사람들로 가득한 정류장 안에서 버스를 기다리지 않는 단 한 사람. 시계 초침에 따라 예민하게 반응하여 흐르는 풍경을 고요히 지켜보는 상반된 여유. 이 소박한 진실이야말로 정류장 소풍이 주는 최대 혜택이다.

사실 우리에게 익숙한 버스 정류장 모습은 이러하다. 버스를 기다리는 일 분 일 초보다 더디 가는 시간이 있을까. 하물며 약속 시간이 촉박하거나 출근 시간이기라도 하면 정류장은 생지옥이다. 똑딱똑딱 분초 단위로 움직이는 시곗바늘은 날카로운 고문 도구마냥 초조와 불안의 감정을 찌르고 부추긴다. 이 고문 도구 아래 놓인 사람들의 표정은 또 어떤가. 무엇인가를 간절히 기다리는 사람들이 그렇듯 순간마다 기대와 짜증이 묘하게 교차한다. 이젠 오거니 싶어 얼굴이 활짝 펴지다가도 숫자 하나가 묘하게 다른 번호판을 확인하고는 금세 침울해진다. 버스가 왔구나 싶어 벤치에서 엉덩이를 뗐다가도 아니다 싶어 다시 눌러앉기도 부지기수다. 몇 초 단위로 희비의 쌍곡선이 오르락내리락 춤을 춘다. 변심 직전의 애인처럼.

사실 누구에게나 정류장은 버스를 기다리는 장소로서의 수단일 뿐이다. 되도록 빨리 그 자리를 떠나 자신이 가고 싶은 목적지에 얼른 도달하길 바라는 마음. 그곳에서는 모든 사람들이 일심동체다. 오직 앞으로 당도할 목적지만이 중요하지 그곳 자체의 풍경엔 그다지 큰

관심이 없다. 오직 수단으로서 잠시 거쳐 가는 특수한 곳이다.

그러나 일상 우주 여행자는 바로 그 특수함, 매일 거쳐 가는 수단으로만 여기던 정류장 자체에 집중해 본다.

오지 않은 버스를 기다리는 대신 지금 내가 앉아 있는 그 자리를 유람해 본다.

간단하면서도 강렬한 정류장 소풍. 기다리는 버스는 없지만 천천히 집 앞 정류장으로 걸어 나간다. 한 손엔 가볍게 읽을 책을 들고, 다른 손엔 정류장 가판대에서 산 빨대 음료를 든다. 소풍 기분을 내기엔 빨대 꽂아 마시는 음료가 최고기 때문이다. 가판대 냉장고에서 막 꺼내 차가운 이슬방울이 송송 맺힌 초콜릿 드링크를 손에 쥐고 달콤한 음료를 목으로 넘기며 벤치에 앉아 유유히 정류장 풍경을 유람해 본다. 그러자면 나는 인도 북부 리시케시의 수행자들이 생각난다.

갠지스 강물을 바라보듯 초연함을 누리는 정류장 유람

갠지스 강물을 종일 쳐다보며 수행하는 주홍빛 옷차림의 사두들. 리시케시는 인도 갠지스의 시작점이다. 히말라야에서 내려온 강물을 중심으로 이루어진 마을. 성스러운 갠지스의 시발점이라 그런지 유독 주홍 망토를 두른 사두들이 몰려와 비닐 몇 조각을 기워 지은 움막이나 아니면 그냥 노천에서 먹고 자며 수행을 한다. 거의 매일 강물을 따라 가트를 걷거나 아예 갠지스 앞에 자리를 잡고 종일 강물 흐름을 쳐다보며 명상하면서 수행한다. 처음에는 머리에서 발끝까지 주홍 망토를 두르고 강가를 지키는 사두들을 다소 이국적인 신비스러움으로 바라봤다. 강물 앞에서 몇 시간째 꼼짝없이 자리를 지키는 수행자들. 주홍 망토 안의 눈은 무엇을 바라보고 무슨 생각을 하는 걸까.

그런데 오래지 않아 나는 예감했다. 어느샌가 강가의 조약돌처럼 자연스러운 일체감을 만들어 내는 그들의 모습을 통해. 흐르는 강물 옆에는 오전, 정오, 오후를 거치며 주홍빛 사두는 사라지고 그저 작은 돌멩이가 보였다.

시간 속에 태어난 모든 것들은 흐른다. 한 방울도 흐르지 않도록 강물을 꽉 붙들어 맬 수는 없다. 그런데 바로 이 아주 단순한 진실을 받아들이는 것은 고난도 수학문제보다도 어렵다. 어쩌면 주홍 망토 속의 사두는 지고한 흐름을 보며 한 방울의 물도 잡지 않고 비우려는 단순한 순리를 쳐다보고 있는지도 모르겠다.

일상 우주 여행자는 물론 주홍 망토의 사두와 같은 심안과는 거리가 멀지라도 머리를 비우고 싶은 날이면 아무 때고 떠나 보곤 한다. 시계 초침과는 관계없는 거의 유일한 사람으로 앉아 있을 수 있는, 세상에서 가장 느긋한 자세로 즐기는 온유한 이 소풍을.

하여 이 소풍은 특권이다. 몹시 지루해 하거나 초조한 얼굴로 오지 않은 버스를 기다리는 사람들 틈에서 오직 풍경을 감상할 특권. 어떤 임무도 약속도 없이, 다만 흐르는 풍경을 보며 머리를 비울 수 있는 예상 밖의 특혜.

게다가 거기에서는 많은 것들이 자유롭다. 마치 필름을 새로 갈아 끼우듯 금방 바뀌는 풍경 속에서 여행자가 얼마나 그곳에 오래 있었는지, 혹은 무엇 때문에 이 생산성 없는 태평함을 누리는지 누구도 관심을 갖지 않는다. 이것은 크나큰 자유다. 타인의 허송세월을 초를 재며 기록하려는 오지랖 넓은 시선들에서 자유로울 수 있으니까 말이다. 강박의 도시 속에서 맘 놓고 일상 우주 여행을 펼칠 수 있는 자궁 같은 곳, 버스 정류장이다.

일상 우주 여행자는 초콜릿 드링크 머리 위에 빨대를 꽂고 검은색의 달콤한 물을 쭈욱 빨아들이며 이제 막 그곳에 도착한 사람마냥 여유롭게 정류장의 갖가지 표정을 감상한다.

거의 많은 사람들이 휴대폰과 전광판에 나타나는 대기 시간을 수험표 체크하듯 번갈아 쳐다본다. 그리고 기다리던 버스가 도착하면 놓칠세라 올라타고 유유히 사라진다. 동시에 올라탄 사람만큼의 사람들이 버스에서 내려 또 다른 목적지를 향해 종종 걸음을 걷는다. 어떤 사람은 바빠 보였고 어떤 사람은 조금 지루해 보였고 또 어떤 사람은 심각한 고민에 휩싸인 듯도 하다. 감정 상태는 다들 달랐지만 정류장 자체를 즐기는 이는 없어 보인다.

모두에게 정류장은 즐거운 소풍지가 아니었다. 다만 소풍을 가기 위해 필수적으로 들르는 출구이고 소풍 갔다 집으로 돌아오는 입구였다. 그뿐이다.

그러나 옛사람들 중 정류장이 지닌 소풍의 의미를 알고 있는 사람이 있었다. 예컨대 히말라야의 현자 파드마삼바바 같은 인물. 그는 정류장의 비밀을 알고 있었고 그 중요성을 티베트의 설산 히말라야 동굴 속에서 적어 내려갔다. 그 비밀의 책이 고전 중의 고전《티베트 사자의 서》이다.

티베트 사람들은 모든 영혼은 죽음 이후 다시 태어나기까지 49일간 여행을 한다고 믿었다. 여행하는 동안에 거쳐야 하는 마흔아홉 개 영혼의 정류장에서 오직 근원의 존재를 느끼고 그 힘을 따르면 해탈할 수 있다고 생각해 왔다. 그리고 한 현자는 오래 전부터 내려온 이 지혜를 언어로 적어《티베트 사자의 서》를 완성했다. 그때 파드마삼바바가 적었던 이 책의 원 제목은 '바르도 퇴돌'이다. 사실 이 제목 자체가 정류장을 의미한다.

바르도(bardo). 티베트어로 바르도는 bar='사이', do='둘' 이란 뜻. 즉 둘, 죽음과 탄생 사이의 정류장을 말한다.

뿐만 아니라 이 둘은 밤과 낮 사이, 이 세계와 저 세계 사이, 출발과 도착 사이다. 티베트의 지혜에 따르면 이 사이로의 여행을 잘 해내야만 반복되는 고통을 멈추고 해탈에 이를 수 있다고 한다. 그러니까 지상도 지하도 하늘나라도 아닌, 그러니까 이곳과 저곳 사이, 그 사이에 비밀이 있다고 말하는 것이다. 그런데 만일 죽음 이후 다시 태어나기까지의 사이가 바르도라면, 반대로 태어나서 죽음까지의 사이도 바르도가 아닐까? 그렇다면 여기가 바르도고, 삶 자체가 탄생과 죽음 사이의 정류장은 아닐까.

오지 않은 버스를 기다리며 자꾸만 시계를 쳐다보게 되는 이곳. 이곳은 집 앞 가까운 버스 정류장이기도 하고 모든 사람들의 일상이기도 하다. 그런데 우리는 목적지 도착에만 신경을 쓰다 정작 누려야 할 정류장(일상) 여행은 방학 숙제처럼 뒤로 미뤄 둔 건 아닌지? 손목시계를 들여다보느라 정류장의 공기를 마음 놓고 마셔 보지도 못하다 최종 목적지에 닿는 버스가 도착하면 냅다 올라타는 식은 아닌지? 물론 죽음이라는 최종 목적지에 말이다.

사실 그건 슬픈 일이다. 눈앞에 따끈한 빵이 있는데 찬장에 보관해 둔 카스텔라만 찾는다면 말이다. 완성된 카스텔라도 좋지만 때때로 눈앞에 있는 따끈한 빵을 맛보는 것도 나쁘지 않다. 게다가 찬장 속에는 기대하던 카스텔라가 있는지 없는지조차 우리는 모르지 않는가? 바로 이 있는지 없는지조차 모르는 고도를 기다리는 상태가 인생 여행의 패러독스다.

조급해 하고 초조해 하든, 공기를 한껏 들이마시며 풍경을 즐기든, 와야 할 버스는 온다. 그리고 그가 방탕아든 대통령이든 창녀든 마리아든, 모든 이의 최종 버스엔 같은 이름이 적혀 있을 것이다.

죽음.

그러니까 초조해 하며 버스를 기다리느냐 마음 편히 주변 풍광을 돌아보느냐 간에 모두 죽음이라는 같은 버스를 탄다.

하지만 물론. 현실이라는 강물 속에서 리시케시 사두의 자세나 히말라야 현자의 지혜를 지닌다는 것은 좀 오버다. 하루아침에 판타지 소설의 마법사가 되라는 것만큼이나 어불성설로 들릴지 모른다. 그러하기에, 그렇기 때문에 일상 우주 여행자는 떠나는 것이다.

잠시나마 그 '사이'의 감각을 되살리기 위해, 시간 안에 태어난 모든 것은 반드시 흐르게 마련이라는 아주 작은 진실의 풍경을 감상하기 위해, 무엇보다 찬장 안에 없을지도 모를 카스텔라를 위해 따끈한 빵을 포기하는 조급증을 달래기 위해, 갠지스 강물에 머리를 씻듯 정류장을 찾는다. 그러고는 즐거운 정류장 소풍을 즐긴다.

사소한 이 일상의 탈주를 통해 — 평소엔 감히 지녀 보지 못했던 — 현자의 미소도 흉내내 본다. 조급해 하든, 풍경을 즐기든, 와야 할 버스는 올지니.

하루키식 팬케이크로 떠나는
일상 모험

/ 팬케이크에 반드시 시럽만 부으란 법은 없지 /

무언가를 잃어버렸구나 생각이 드는 날이 있다. 늘 끼던 귀고리 한 짝을 잃어버렸다거나 핸드폰 고리가 빠졌다거나. 중요한 일을 정리해 둔 수첩이나 아끼는 볼펜이 사라져 버린 날. 이런 날은 굽는다. 콜라 폭탄을 붓기 위해.

그러니까 일정한 크기로 만들어진 둥근 팬케이크 모양을 한 일상에 수만 개의 탄산 폭탄을 붓기 위해서다. 그러면서 서서히 예감해 본다. 정작 잃어버린 건 핸드폰 고리나 볼펜 따위가 아니었어, 하고. 무엇인가가 거짓말처럼 감쪽같이 사라져 버린 때일 것이다. 매일 있어야 할 곳에 무엇인가가 없다. 그 누군가가 없다. 팬케이크를 구워야 할 때다.

특히 서른 살을 넘긴 실직자이며 이제 막 연인이나 배우자와 헤어진 상태라면 하루키식 팬케이크를 굽기에 나쁘지 않은 상태다. 두께는 두껍게, 서너 장 정도 넉넉히, 그리고 메이플 시럽 대신 콜라 한 병을 준비한다. 그런 뒤 잘빠진 콜라병 허리를 잡고 둥근 팬케이크 위에 쏴하고 붓는다. 다소 엉뚱한 이 요리는 하루키의 데뷔작 《바람의 노래를 들어라》에서 친구 쥐가 좋아하는 식사법이다.

여행자는 생각한다. 하루키의 주인공들은 왜 한결같이 무언가를 잃어버린 백수이며 요리하는 남자인가. 평범한 직장인이었다가도 무엇인가를 찾기 위해 일을 멈춘다. '남자라면' '어른이라면' '가장이라면' 이런 식의 시스템이 요구하는 사회인의 모습에서 벗어난 실업자로 다림질을 잘하며 요리를 하고 그 음식을 먹고, 그리고 찾는다. 잃어버린 고양이를, 아내를, 양을 찾아 떠난다. 잃어버린 그것은 '사랑' 혹은 '나'이다.

그리고 여행자의 어떤 날. 무언가를 잃어버렸는데 기억은 나지 않고 반듯한 일상이 그런대로 흘러가고 있으나 헛헛한 공백의 냄새가 조용히 말을 걸 때. 여행자는 우유와 설탕, 달걀과 밀가루, 베이킹파우더와 약간의 소금, 그리고 콜라 한 병을 준비한다. 간편하게 슈퍼에서 파는 핫케이크 가루를 준비해도 아무 문제없다. 다만 두껍고 뽀송뽀송한 케이크를 원한다면 달걀은 반드시 필요.

《바람의 노래를 들어라》뿐 아니라 하루키 작품들에서 연이어 나오는 주인공의 친구 쥐가 좋아하는 음식은 갓 구운 팬케이크다. 소설에서는 그것을 몇 장이나 포개 놓고 네 조각으로 균일하게 자른 뒤 그 위에 코카콜라 한 병을 통째 붓는 방식의 이 요리. 식사와 음료가 일체화한 맛이라고 쥐는 확신했다.

 조그만 항구가 있고 마당 있는 2층집들이 모인 바닷가 중산층 마을. 아무 문제가 없어 보인다. 쥐의 집은 2층도 아닌 3층이었고 옥상엔 온실이, 차고엔 벤츠와 트라이엄프 TR3가 있었다. 차고 주인의 아들인 쥐는 젊었고 부자였고 맥주를 좋아했으며 아주 조금 권태로웠다. 주인공은 이 쥐와 여름 방학 동안 맥주를 마시며 대화를 하고 새끼손가락이 없는 여자와 동침도 하다가 비치 보이스의 음악을 들으며 옛 여자를 떠올리는 이야기가 소설 《바람의 노래를 들어라》다. 한마디로 큰 사건도 엄청난 비밀도 없다. 그런데도 묘하게 흥미로운 이 책은 무엇보다 하루키의 '부엌 인생'의 출발점이기도 하다.

. .

팬케이크 모양의 일상을 깨고 가르기

아무 생각 없이 단지 쓰고 싶은 충동으로 써 내려간 하루키의 이 데 뷔작은 모두가 잠든 새벽 부엌의 테이블에서 태어났다. 그동안 가게 를 운영하며 쓰던 테이블은 영수증에 사인을 하거나 장 볼 품목을 하나하나 적을 때 주로 앉았던 곳이다. 그러던 어느 날 갑작스레 찾 아온 가슴의 충동으로 노트를 펼치고 한 줄씩 소설을 적어 내려갔 다는 하루키. 매일 장볼 재료를 적거나 영수증에 사인을 하는 대신 말이다.

그러나 바로 그 충동. 아무 생각 없이 솟아났다는 충동은 누구에게나 올 수 있지만 아무나 그것을 실행하지는 않는다. 사실 우리는 누구나 배꼽 안에 작은 벌레를 한 마리 키우고 산다. 그 벌레가 깨어나는 시 기는 사람마다 약간씩 다를 수도 있고, 안타깝게도 영원히 그 벌레를 모르고 살다 죽는 경우도 있지만, 어쨌든 누구나 가지고 있다. 그런 데 그 벌레를 어떤 충동에 의해 알아차리고 다시 그것을 나비로 끌어 내는 건 몇 가지 과정을 거쳐야 가능한 고도의 변태 행위다. 그 과정 이란 게 대개 미지로 진행되기 때문이다. 아무것도 보이지 않는 컴컴 한 숲에서 깊은 충동을 엔진 삼아.

새 길에 대한 공포는 언제나 그렇다. 이 길이 맞는지 절벽은 아닐지 모르는 상태다. 그것은 레시피 없이 콩고의 전통 요리에 도전해야 하 는 마초의 두려움이다. 요리라고는 라면 물을 얹어 본 것이 다인 그가 콩고 요리에 도전하는 것. 하지만 모든 부활은 바로 미지의 숲에서 일어난다. 깜깜하고 아득한 불안과 함께. 같은 모양의 일상이 주는 아늑한 달콤함을 깨고 가르는 그 숲에서 말이다. 그렇게 매일 같은 안주를 준비하던 카페 주인은 하루키라는 소설가가 되었다.

여행자는 지금 바로 하루키의 팬케이크를 굽고 있다. 잘된 반죽일수록 샴페인처럼 기포가 무성하다. 보드라운 반죽을 프라이팬에 조용히 붓는다. 동그랗게 떨어진 반죽이 살살 익어 가면서 풍기는 달콤한 향기는 주인공과 쥐가 밤새 맥주를 마셨던 바닷가 방파제의 기억을 떠올려 준다. 비치 보이스의 〈캘리포니아 걸스〉가 귓전에서 맴돈다. 금세 여름 바다가 시원하게 밀려오고 비키니를 입은 금발의 아가씨들이 엉덩이를 흔들 것 같다.

모든 것들이 평화롭다. 안온하고 안전하여 꼭 부잣집 쥐의 널찍한 차고에 들어선 듯하다. 그래서 이 평화는 어쩌면 가장 위험한 독이다. 퇴근 뒤 집에 와 텔레비전을 보며 약간의 군것질을 하다 잠이 들고. 그러는 사이 우리는 조금씩 무언가를 잃어가는 것이다. 큰 사건도 엄청난 비밀도 없는 이 소설의 힘은 바로 여기에 있다.

좁쌀 같은 기포가 동그란 팬케이크를 가득 메우면 한번 뒤집어 줘야 한다. 그리고 2~3분 정도 더 약한 불로 따뜻하게 구워낸다. 그렇게 구워진 일정한 모양의 팬케이크 서너 장을 쌓아 탑을 만든 뒤 4등분으로 자른다. 그러고 나서 달콤한 시럽 대신 콜라병을 들고 콜라를 붓는다. 단번에. 아낌없이 콸콸.

둥근 팬케이크의 평화가 깨진다. 수만 개 기포 폭탄을 실어 나르는 검은 액체에 의하여. 평화롭기만 했던 팬케이크 탑에 부어진 폭탄 세례. 쏴하고 포효에 가까운 소리다. 수십 개 폭죽이 단번에 터지는 엄청난 소리다. 그리고 콜라는 검은 해일처럼 네 조각 팬케이크 위를 덮친다. 놀라울 정도로 웅장하다. 그러고 나서. 5분 뒤.

탄산가스 해일은 언제 그랬냐는 듯이 감쪽같이 사라진다. 마치 청춘의 한때처럼. 그토록 시끄럽던 여름날이 단번에 사라진 것이다. 거대한 탄산바다가 네 조각의 팬케이크 섬을 덮친 5분 뒤, 팬케이크의 세계가 변했다. 순식간에 찾아온 침묵과 고요. 태풍이 지나간 자리에 뜬 태양이 그건 단지 꿈이었어, 농담이었어, 하고 말하듯.
소설 속 주인공은 다시 스물한 살의 추억이 있는 거리로 돌아갔지만 아지트였던 바는 새 단장을 했고 쥐는 스물아홉 살이 됐다.

일상 우주 여행자는 조용히 콜라가 스며든 팬케이크 한 조각을 입에 넣는다. 물면 촉촉한 콜라즙이 혀끝에 닿으며 폭신한 빵 전체로 계피 향이 번진다. 책 속에서는 비치 보이스의 〈캘리포니아 걸스〉를 들었지만 여행자는 다른 앨범을 선택한다.

〈펫 사운즈〉. 이를테면 이 앨범은 비치 보이스 자신의 일상 혁명이었다. 부엌에서 미지의 충동으로 펜을 잡은 하루키와 같고, 자기 뱃속에 있는 벌레를 건드려 보려는 숱한 여행자들의 움직임 같은 것이다. 보통 비치 보이스 하면 여름 한철에나 꺼내 듣는 서핑 음악 정도로 생각하는데, 하얀 산양에게 먹이를 주는 사진이 찍힌 이 앨범은 다르다. 멤버 브라이언 윌슨은 어느 날 비틀즈의 〈러버 소울〉 앨범을 듣고 별이 반짝이는 충격을 받는다. "아, 나도 이제 그만 서핑 음악 속에서 나오고 싶어. 그 속에서 나와 진실로 나만의 작품을 만들어 봐야겠어." 이렇게 말하고는 윌슨은 보장된 수입과 안정을 깬다. 모험의 길을 선택한 것이다. 그 뒤 4개월 동안 매달린 끝에 명반 〈펫 사운즈〉 앨범을 세상에 내보인다. 그런데 그 뒤가 재미나다. 당시로서는 파격적으로 오케스트라 세션과 개 짖는 소리, 코카콜라 캔 소리까지 들어간 이 앨범에 충격을 받은 비틀즈가 또 반대로 이들의 영향을 받아 그 유명한 〈서전트 페퍼스 론리 하츠 클럽 밴드〉(Sgt. Pepper's Hearts Club Band) 앨범을 만든다. 폴 매커트니는 요즘도 비치 보이스의 이 앨범을 듣는다고 한다.

서핑 음악만을 만들다 그걸로는 도무지 채워지지 않는 헛헛한 자기 공백을 메우려 모험을 감행했던 비치 보이스. 재즈 바를 운영하며 칵테일과 안주를 만드는 생활을 멈추고 펜을 선택한 하루키. 일상 우주 여행자는 다시 한 번 하루키 소설 속의 주인공들을 생각해 본다. 왜 안락하고 안정적인 시스템 속 삶을 버리고 단지 요리를 하고 운동을 하며 무엇보다 잃어버린 고양이를, 양을, 아내를, 자기 자신을 찾아 나섰는지.

산다는 것은 어쩌면 자신을 재료로 요리를 만드는 것이다.

그리고 요리사가 매일 똑같은 팬케이크 같은 일상 속에서 헛헛한 공백을 느껴 버렸다면 때로는 콜라 폭탄을 준비할 필요도 있는 법.

그래서 우린 어느 여름날의 오후, 달리던 걸음을 멈추고 무언가 잃어버린 건 없나, 그것은 귀고리 한 짝일까, 또 다른 무엇일까, 하며 둥근 팬케이크를 구울 필요가 있다.

그렇게 조금씩 탈피를 실행하는 것이다. 서핑 음악에서 벗어나 자기 모험을 감행한 비치 보이스처럼, 안정적인 재즈 바를 버리고 일명 펜을 든 무직자의 길을 선택한 하루키처럼. 그렇게 배꼽 안의 벌레를 키워 나간다.

달나라로 가는
공중전화 여행

/ 공중전화는 달나라로 가는 우주선이다 /

도심의 공중전화는 버려진 고대 유적지를 닮았다.

밀림 한가운데 믿을 수 없는 규모와 섬세함으로 신들의 왕국을 지은
뒤 어느 날 갑자기 그곳을 버린 크메르인들. 그들이 버리고 떠난 무
너진 앙코르 유적처럼 사람들의 발길이 끊긴 공중전화. 인적이 끊긴
도심의 공중전화에는 어쩐지 비밀스러운 구석이 있다. 앙코르의 무
너진 돌들 사이로 조용히 솟은 녹색 풀을 만나듯 그곳에 가면 숨겨진
고대의 언어가 조용히 들려올 것 같다.

하여 휘영청 달이 차오른 밤 일상 우주 여행자는 밤의 산책을 시작
한다. 0.5평의 사각지대. 버려진 고대 유적지를 향해 한 걸음씩. 애당
초 여행은 일상에서의 실용적 습관을 잠시 버리고 애써 돌아가는 바

보의 여정인지 모른다. 휴대전화 버튼 하나로 해결될 일을 굳이 돌아 돌아 걷는 걸음. 그렇다, 실용의 시간을 버린다. 대신 근원의 시간과 접속해 보려는 도시 여행자의 산책 놀이. 말하자면 씨엠립 여행 중에 편히 압살라 민속 디너쇼를 보고 발마사지와 스파를 즐기는 것도 좋지만 그보다 열대의 태양을 뚫고 굳이 앙코르로 향하는 숱한 발걸음들이 또한 그렇다. 무너진 돌덩이를 만나러 말이다.

일상 우주 여행자는 편안한 팬츠에 낡은 운동화 그리고 작은 수첩을 들고 밤의 산책에 나섰다. 누군가의 목소리를 듣기 위해 어슬렁어슬렁 걸어 본 지가 언제였더라? 주머니에 손을 찔러 넣고 밤의 공기를 마시며 공중전화로 향해 본 적이 정말, 언제였더라? 기억나지 않는다. 그러나 지금 여행자의 손엔 작은 수첩이 하나 들렸다. 휴대폰 전화번호부 장치를 상용한 이래로 가물가물 잊혀진 친구들의 번호가 적힌. 검정 HB연필로 또박또박 눌러 적은 전화번호.

동네 골목을 빠져 나와 전봇대를 지나쳐 도로 가에 있는 공중전화 부스에 도착한다. 역시 사람이라곤 없다. 어딘가로 바삐 걸어가는 사람들은 물론 매일 마주치는 부스 앞의 가게 주인조차 관심을 주지 않는다. 텅 빈 공중전화. 완벽히 버려진 퇴물 로봇 같다. 하지만 지난 시절에 받았던 애정의 여운들을 아직까지 놓지 못하는 미련둥이 퇴물 로봇. 아련한 그 여운은 여전히 이 0.5평의 사각지대를 공감각적으로 싸고 돈다. 그래서일까. 이곳은 버려진 유적지인 동시에 인간 스스로 놓아버린 아득한 꿈인 달의 저편을 닮았다.

1969년. 치밀한 아폴로 계획에 의해 우주비행사 세 명이 달의 남서부 '고요의 바다'에 연착륙한다. 그들은 부드러운 모래로 덮여 있는 달 표면을 콩콩콩 걸으며 또렷한 발자국을 남긴다. 그 모습을 텔레비전 생중계로 지켜본 전 세계인들은 열광했다. 그리고 동시에 상상의 달토끼는 처참히 꼬리를 감춘다. 지구 중력 6분의 1밖에 안 되는 달세계에서는 무거운 우주복을 입었어도 토끼마냥 콩콩 뛰며 표면 위를 다닐 수 있는데, 말하자면 고대부터 인류가 꿈꿔 왔던 달토끼 신화는 깡총깡총 뛰며 저만치 멀어져 버린 것이다. 몇몇 지구별 여행자들은 가슴 저편에서 고대로부터 이어 오던 끈이 묘하게 흔들리는 상실감에 부딪힌다. 유선의 공중전화는 바로 그 끈을 닮았다.

시티폰과 핸드폰, 스마트폰으로 이어지는 길은 로켓과 무인 달로켓
과 유인 달로켓의 진화와 비슷하다. 이 진화를 통해 얻은 것은 무엇
이고 잃은 것은 무얼까. 얻은 건 약간의 편리와 욕구 충족 그리고 인
간 지성의 산물들. 대신 기다림과 침묵, 그리고 시간의 힘을 거쳐야
만이 견고히 다져질 수 있는 무게와 깊이를 잃었다. 더 정확히는 잃
었다기보다 잊혀졌다.

· ·

공중전화까지의 침묵과 산책, 혹은 바보의 여행

공중전화 앞에서 몇 번을 서성이며 곱씹다 결심하고 어렵게 누르던
번호들. 거기엔 침묵과 기다림, 그리고 시간이라는 무게가 얹혀 있었
다. 그리고 무엇보다 공중전화까지 가는 거리가 있었다.

산책의 공감각. 그 걸음엔 침묵과 설렘, 그리고 기대와 상상이 따른
다. 더욱이 그 사람이 이제 막 시작한 연인이라면? 이제 막 고백을 시
도할 이성친구라면? 상상의 거리는 달나라로 가는 거리마냥 가없이
멀다. 그렇게 걸음걸음을 딛고 도착한 공중전화 부스 앞. 운명 같은
사각지대에 들어서는 데까지 또 한 번의 결심이 필요하다. 게다가 만
일 누군가 수화기를 붙들고 있기라도 한다면 그 전화가 끊기길 기다
려야 한다. 참으로 오래 걸어왔는데 또 다른 기다림을 감수한다. 그

리고 들어선 0.5평 소우주.

수화기를 잡고 있는 동안 그곳은 지극히 개인 공간일 뿐이며 운명의 여행자를 위한 신성한 성벽이다. 여행자는 소우주 안에서 집게손가락으로 번호 하나하나를 꾹꾹 정성스레 누른다. 휴대폰에 저장된 주소록을 펼쳐 입력된 누군가의 번호를 기호 버튼 하나로 끝내는 것이 아니라 소가 되새김질하듯 하나하나 누른다. 그리고 나서 신호가 가는 동안 여행자는 가만히 주변의 공기를 헤아려 본다.

멀고 오랜 여행이었다. 기다림, 그리고 달과 도시의 어둠이 만들어내는 바깥의 공기까지. 실용과 편리의 시간을 잃은 대신 온몸으로 시간의 바늘땀을 만지는 공감각의 여행. 그리고 여행의 도착지는 여행자가 누른 번호이며 그 시각 여행자와 가장 가까이에 닿는 소중한 이다.

바로 이 느낌을 위해 어쩌면 홀든 콜필드는 그토록 공중전화를 찾았고 무수한 통화를 시도했는지 모른다. 홀든 콜필드. 그는 존 레논을 총으로 쏜 마크 채프먼의 손에 들려 있어 유명세를 치르기도 했던 소설《호밀밭의 파수꾼》의 주인공이다.

명문 사립학교에 다니는 열여섯 살 홀든 콜필드. 그에게 학교는 여자만 밝히는 속물들과 작고 연약한 친구나 따돌리는 멍청한 자식들의 소굴일 뿐이다. 이미 여러 학교에서 퇴학을 경험했던 그는 이번에도 낙제점을 받고 퇴학을 맞는다. 그러면서 그 소굴을 뛰쳐나와 뉴욕의 호텔과 바, 공원을 돌며 이루어지는 2박 3일 여행이 바로《호밀밭의

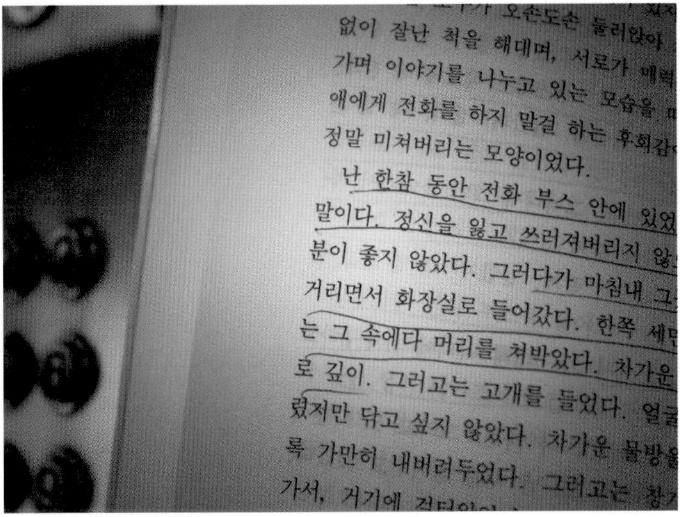
오손도손 둘러앉아
없이 잘난 척을 해대며, 서로가
가며 이야기를 나누고 있는 모습을
애에게 전화를 하지 말걸 하는
정말 미쳐버리는 모양이었다.
난 한참 동안 전화 부스 안에
말이다. 정신을 잃고 쓰러져버리지
분이 좋지 않았다. 그러다가 마침내
거리면서 화장실로 들어갔다. 한쪽
는 그 속에다 머리를 처박았다. 차가운
로 깊이. 그러고는 고개를 들었다.
렸지만 닦고 싶지 않았다. 차가운 물방울
록 가만히 내버려두었다. 그러고는

파수꾼》이다. 연신 세상에게 구토를 느낀다며 투덜대던 홀든 콜필드. 그가 가장 많이 했던 말은 '구역질난다'였고 그다음은 의외로 '전화가 하고 싶다'였다.

누군가와 전화하고 싶다. 그리 두껍지 않은 이 소설 속에서 홀든은 시도 때도 없이 누군가와 전화통화를 하거나 또 하고 싶어 한다. 공중전화가 보일 때마다 그렇지 않으면 공중전화를 찾아내어 그 앞에 선 채 한참을 고민하던 홀든 콜필드. 그런데 홀든은 단 한 번도 본 적 없는 여인, 별로 친하지 않은 학교 선배, 짧게 만난 여자 친구에게 전화를 걸 뿐, 정작 통화하고 싶었던 여동생 피비와 어릴 적 친구 제인에게는 걸지 못한다. 그만큼 신중하고 두렵고 어려운 일이었다. 유선전화는 휴대용 직통 전화와 달리 더 큰 용기가 필요하다. 만일 그 시각 전화기 곁에 당사자 대신 다른 누군가, 예컨대 엄마나 아빠, 할머니, 삼촌이 있다면 곤란하다. 몇 번의 장애물을 거쳐야 하기 때문이다. 그러기에 신중하고, 그래서 절실하다.

그렇게 절. 실. 히. 홀든은 피비와 제인과 통화하고 싶었다.

바로 접속되지 않고 닿지 않아 만들어지는 그리움. 인간과 동물을 구분하는 가장 직접적인 차이는 바로 이 '그리움'인지 모른다. 동물도 사랑을 하고 애정을 나누고 모성을 표한다. 하지만 그들과 달리 인간은 시간을 미리 예측하고 추측하며 회고하기도 한다. 그래서 생긴 망상과 고통 역시 인간이 지고 가야 할 짐이지만 그로 인한 그리움이나 기대감 같은 다차원적 감정들이 운명의 굴레처럼 인간이 인간이도록 만들어 낸다.

그것은 고통의 굴레이며 동시에 환희의 심원이기도 하다. 닿고 싶지만 닿을 수 없는 애틋함, 침묵의 시간 속에서 저축통장처럼 쌓이는 그리움과 기대는 그 존재와 닿는 순간, 참았던 숨이 터지듯 폭발력을 지니게 된다. 그렇다면 반대로 존재와의 연락에 있어 기다림과 그리움이 사라진다는 건 바로 폭발력이 조금씩 감퇴되는 것인지도 모른다. 마치 공룡의 멸종처럼 말이다.

그런데 더 큰 두려움은 모든 동물들은 자신의 멸종 순간을 기억하지 못한다는 사실이다.

휘영청 달이 뜬 밤이다. 일상 우주 여행자는 미리 수첩에 한 글자씩 기록해 놓은 벗들의 연락처를 펼쳐본다. 주머니 가득 준비한 동전을 털어 넣고 0부터 9까지의 버튼 중 몇 개를 선택적으로 사려 깊게 꾹꾹 누른다. 모르는 번호를 받은 벗들은 한결같이 낯선 반응을 보인다. 공중전화는 전화를 받기 전까지 그 사람이 누군지 모른다. 휴대폰으로 걸 때처럼 받기 전에 미리 기계가 저장된 이름을 불러 주는 대신 오직 생생한 육성을 통해야만 그 존재를 알아차릴 수 있다. 오직 육성을.

묵직하고 투박한 수화기 뒤로 들리는 친구의 목소리는 정말 오랜만이다. 수화기와 숙명의 끈으로 연결된 전화기 본체, 그리고 사각의 공간은 친구가 있는 그곳의 공기와 직접적으로 맞닿아 있는 느낌이다. 그 관계의 맞닿음 속에서 홀든은 자신이 가장 아끼는 여동생 피비와 제인에게 무엇인가를 전하려 했을 것이다.

그는 가슴속에 오래도록 담아 두고 누구에게도 털어 놓은 적 없는 말을 전하려 했다. 호밀밭의 파수꾼이 되려는 소박한 꿈에 대한 이야기를. 호밀밭에서 놀던 아이들이 밭 끝의 낭떠러지로 떨어지려 하면 달려가 붙잡아 주려는 꿈. 단지 그뿐이다. 속물투성이 세상에서 순수한 파수꾼이 되려는 자신의 의지를 전하려 했다.

그 통화는 아폴론 우주선이 결코 닿을 수 없는 고대의 마음 같은 것이다. 고대 유적지처럼 선 채 아무도 찾지 않는 공중전화에 실린 공기 같은 것이다. 명문 사립 고등학교를 다니며 변호사 아버지를 둔, 남부러울 것 없어 보이는 홀든이 절실히 원했던 건 단지 그것이었다. 단지 그와 같은 공기. 달밤에 공중전화로 일상 여행을 떠나며 누구에게도 밝히지 않았던 파수꾼의 꿈을 살며시 전하려는 한 조각 달빛의 숨.

"피비, 내가 정말 하고 싶은 건 호밀밭의 파수꾼이 되는 거야. 바보 같은 짓인 줄은 알고 있어. 하지만 내가 정말 되고 싶은 것은 그것밖에 없어. 바보 같은 짓인 줄은 알고 있지만 말야." 하고 홀든이 말한다. 아니 숨 쉰다.

달밤에 떠나는 공중전화 여행 역시 세월을 비껴간 바보의 여행이다. 속도의 세상에서 바보가 되더라도, 그러함에도 불구하고 달빛 아래 공중전화는 밤의 생물처럼 뚜렷한 의지를 띤다. 실용이 아닌 의지, 속도가 아닌 절실함.

의지와 절실함이 사각 박스 안에서 숨을 쉰다. 그리고 몇몇 여행자는 기어이 잊혀진 숨을 찾으려 한다. 그것은 오랜 전부터 이어 온 인류 본능이다. 버려진 밀림 속에 숨겨진 앙코르 사원. 아무리 오랜 침묵 속에서 무너지고 묻혔어도 누군가는 기어이 밀림을 뚫고 들어가 무너진 돌무더기 사이에서 신의 코드를 읽어내려 한다.

바로 그 의지, 실용 너머 상상의 달토끼를 다시 그려 내려는 바로 이 인류 본능에 제2의 홀든이 다시 태어나고 끝없는 여행이 이어진다. 여행자는 바보같이, 호밀밭의 파수꾼 마음으로 짧고 빠른 길을 두고 애써 돌아간다.

애써 도는 침묵의 산책, 주변 공기와 상대의 공기가 맞닿은 사각지대에서의 생생한 경험. 이를 통해 여행자는 속도의 오류가 놓쳐 버린 것을 예감한다.

그 통화는 분명 휴대전화 버튼 하나로 해결되던 때와는 다르다.

워홀의 캠벨 수프로 떠나는
뉴욕 소호 여행

/ 그것은 벨벳 언더그라운드의 《바나나 앨범》을 들으며 먹는 깡통 식사다 /

캠벨 수프 깡통을 딴다. 여기는 1960년대 뉴욕의 소호(SoHo). 버려진
창고 안으로 들어가면 금방이라도 벨벳 언더그라운드의 잿빛 목소
리가 들리고 망사 스타킹을 입은 트랜스젠더가 춤을 추고 있을 것 같
다. 그 옆에서는 앤디 워홀에게 총을 겨눈 여인 솔라니스가 서늘한
얼굴로 쳐다보고 또 한쪽에서는 워홀의 뮤즈 에디 세즈윅이 긴 귀고
리를 늘어뜨리고 담배 연기를 뱉는다. 그 가운데 팩토리에 곧잘 들렀
던 작가 트루먼 커포티가 저기 저편 비벌리힐스를 향해 가운뎃손가
락 하나를 번쩍 올려 줄 것 같다. 야유의 엿을 권하며 그렇게, 그들은
노래한다.
싸고 저속한 것들. 그들이 지닌 아름다움을. 그 당시에 피어난 깡통
정신이다. 지금은 패션 거리로 변했지만 1960~1970년대 소호는 달

랐다. 당시엔 두 부류의 청춘들이 있었는데 각각 서쪽과 동쪽으로 나뉘어 자신들의 정신을 펼쳤다. 서부 샌프란시스코를 향해 꽃을 든 히피 세대들이 모여들었을 당시, 동부의 뉴욕 지하 창고에는 키치로 무장한 비트 세대들이 뿌리를 내린다. 중심에 벨벳 언더그라운드와 워홀의 예술 공장, 팩토리가 있다.

그리고 50년 뒤 극동의 반도에 사는 한 여행자의 식탁 위에 놓인 캠벨 수프. 1962년 워홀이 페루스 갤러리에서 처음으로 발표했던 캠벨 수프 통조림 연작 시리즈와 크기도 모양도 똑같다. 그는 토마토 수프로 시작되는 서른 두 종류의 통조림 그림을 슈퍼마켓 판매대처럼 일렬로 나열해 전시했다. 현재는 뉴욕 현대 미술관의 철통보호 속에 고이 보관되어 있지만 여행자는 그것의 오리지널을 소유했다. 오리지널 깡통을.

1962년 당시 실제로도 이런 주장이 있었다. 전시가 열리고 있는 갤러리 근처에서 한 남자가 실제로 슈퍼마켓에서 사 온 캠벨 수프 통조림을 워홀의 작품처럼 잔뜩 쌓아 놓고 "진짜가 단돈 29센트!"라고 써서 붙여 놓았다고.

지금은 진짜가 단돈 이천사백 원! 집 근처 홈플러스에서 단돈 이천사백 원에 구입한 머시룸 크림수프. 워홀의 팩토리 정신대로라면 그의 진짜 작품은 여기 여행자 눈앞에 있다. 한마디로 머나먼 뉴욕의 뮤. 지. 엄. 오. 브. 모. 던. 아. 트, 흔히 모마(MOMA)로 불리는 뉴욕 현대 미술관에 있지 않고 이곳에 있다. 진짜 작품이. 한국 여행자의 식탁, 로마 한 가정의 부엌, 파리 어느 청춘의 스튜디오 식료품 창고 등에.

"미술이여, 미술관에서 빠져나와 일상 생활 속으로 뛰어들어 갈 것!"
을 강조한 워홀의 의도대로라면 말이다.

그렇다면 또한 그 반대도 성립한다. 워홀의 말이며 동시에 일상 우주
여행자의 모토다.

"일상이여, 일상을 빠져나와 스스로 예술이 될 것."

여행자는 모마에 전시된 워홀의 연작과 똑같은 빨갛고 하얀 캠벨 수
프 두어 종류를 준비한다. 가능하면 토마토나 치킨 누들, 머시룸 크
림수프. 이 세 가지 수프 중에서 고르도록. 캠벨사는 그동안 수프 레
이블에 대한 대대적인 리뉴얼을 단행했지만 앤디 워홀을 기념하여
이 세 가지 수프의 라벨만큼은 손대지 않기로 결론을 내렸다고 한다.
여행자는 깡통을 딴다. 머시룸 크림수프와 치킨 누들 수프를.

그리고 적나라하게 드러난 둥근 깡통 안의 우물. 어쩌면 겉모습의 캠
벨 수프보다 더 키치스러운 건 그 안이다. 아무도 사용하지 않은 채
100년은 고여 있던 우물 같다. 하얀 덩어리는 분명 크림수프일 테고
심각한 건 치킨 누들이다. 기름 둥둥 뜬 액체 안에는 일주일 전에 먹
다 불어버린 파스타가 3~5센티미터 길이로 잘라져 있다. 그렇다. 이
것이 바로 오리지널이다. 오리지널 미국식 치킨 누들 수프다.

두꺼운 색조 화장을 지운 애인의 맨얼굴을 처음 본 뒤 자전축이 흔들
려 본 자는 알 것이다. 일명 풍요의 시대로 일컬어지는 1950~1960
년대 아메리카. 경제 호황 속에서 아메리칸드림이 꽃 피던 그 시기,

색조 화장을 지운 오리지널 아메리카의 리얼 얼굴인 것이다. 캠벨 수프는.

상상 속의 아메리칸드림은 이러하다. 프릴 달린 앞치마를 한 엄마가 달콤한 쿠키를 직접 굽고 신선한 파스타를 손수 삶는다. 밀가루와 양송이, 우유로 오랜 시간 정성껏 손수 저어 크림수프를 끓이는 중산층의 미국 가정. 그러나 색조 화장을 벗기면 이것이 바로 오리지널리티다. 워홀은 어린 시절 매일 어머니가 식탁에 차려준 캠벨 수프를 기억해 내어 작품을 만들었다. 그 뒤로도 20년간 자신의 점심 메뉴에서 "깡통 수프는 빠진 적이 없고 앞으로도 그럴 것이다"라고 한마디 덧붙였다. 실제로 미국 증시가 제아무리 곤두박질쳐도 캠벨사는 요지부동이고 경제 상황이 안 좋아지면 오히려 깡통 수프는 주가가 치솟는다. 너도나도 깡통 수프를 사재기하는 바람에.

그리고 아시아 여행자의 식탁, 이탈리아 로마의 가정에도, 프랑스 식료품 창고에도 들어와 있는 깡통 수프야말로 미국 가정식의 위력이다. 그래서 워홀은 말했다. 앞으로도 이 일은 똑같이 되풀이될 것이라고. 이후 통조림을 사진으로 찍은 다음 실크스크린 기법을 사용해 이미지를 무한 복제했다. 그런데 깡통만 복제되는 게 아니다. 믿어 의심치 않는 '아름답고 정당한 아메리카식 가치관' 역시 실크스크린 기법을 통해 확장해 온다. 텔레비전, 학교, 광고, 가족과 이웃의 눈을 통해 가치관을 무한 복제당한 우리 역시 캠벨 수프다. 워홀은 이를 예감했다.

현대인의 면상을 쏙 닮은 캠벨 깡통. 여행자는 뚜껑을 열고 내용물을 정성스럽게 끓인다. 물을 3분의 1쯤 부어 천천히 끓이고 나니 그제야 레몬빛으로 걸쭉해진 치킨 누들이 곱게 화장을 했다. 덩어리가 골고루 잘 퍼진 머시룸 크림수프 역시 제 얼굴을 찾는다. 여기에 슈퍼마켓에서 사온 식빵과 빨간콩 통조림을 뜯어 곁들인다. 홈 메이드 앞치마를 입은 여인이 그려진 레드 빈 샐러드다. 오리지널 아메리카식 한 끼 식사가 나왔다.

뉴욕 소호의 식탁을 여행하는 여행자에게 워홀과 그의 팩토리 친구들, 그리고 숱한 팝 & 키치 아티스트들이 빙긋 웃으며 말한다.

"깡통 같은 당신 얼굴을 잘 들여다보세요. 일상과 허상을 똑똑히 쳐다보아요. 나는 당신의 거울입니다."

바로 이 얼굴을 노래하기 위해 소호 창고의 지하실에서 언더그라운드의 정서가 싹튼다. 어느 날 워홀은 자신의 팩토리로 벨벳 언더그라운드 멤버들을 불렀고, 1967년 바나나 그림이 그려진 재킷의 벨벳 언더그라운드 1집 앨범이 나온다.
예술 공장을 자처했던 팩토리. 이 공장엔 두 개의 깡통이 있다. 뉴욕 소더비 경매에서 수백수천억에 판매되는 팝아트 작품들이 반듯한 오버그라운드 깡통이라면, 그 뒤엔 찌그러진 깡통의 아방가르드 예술가들과 성적 소수자, 사회부적응자 등이 팩토리를 거점으로 삼았다. 여기엔 벨벳 언더그라운드의 루리드, 존 케일 그리고 워홀의 또

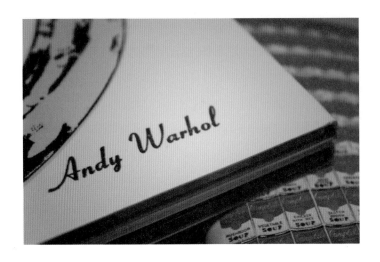

다른 뮤즈인 독일 아가씨 니코도 있었다.

특유의 잿빛 목소리로 그들은 화장을 벗긴 뉴욕의 맨얼굴을 노래한다. 벨벳 커튼 뒤에 가려진 아메리카의 리얼 얼굴. 섹스, 마약, 성도착자들의 적나라한 현실을. "너의 거울이 되어 줄게"라고 워홀은 붉은 캠벨 깡통을 그렸고 벨벳 언더그라운드 역시 "아일 비 유어 미러(I'll Be Your mirror)"를 부른다.

일상 우주 여행자는 그들의 바나나 커버 앨범을 꺼내든다. 깡통 수프와 콩 통조림과 슈퍼마켓 식빵으로 차려진 오리지널 아메리카 식탁 앞에 앉아 니코의 잿빛 목소리를 듣는다.

I'll be your mirror.

내가 너의 거울이 되어 줄게.

Reflect what you are, in case you don't know.

네 모습을 그대로 보여 줄게. 네가 모를 수도 있지만.

· ·

1960년대 뉴욕 소호 여행은
화장 지운 도시의 맨얼굴을 보는 것

여행자는 완성된 치킨 누들 수프를 스푼으로 떠서 한 모금 삼킨다. 미끈거리는 국물에 입이 적셔지고 연이어 들어온 물컹한 누들이 자신도 한 끼 식사라고 존재를 입증한다. 그리고 슈퍼마켓 식빵을 입에 물고 레드빈 통조림에서 꺼낸 빨간콩을 두세 알 넣었더니 왜 눈물이 나는지 모르겠다. "내가 너의 거울이 되어 줄게. 네 모습을 그대로 보여 줄게. 네가 모를 수도 있지만" 하고 니코가 노래한다.

그 순간 여행자는 미치도록 먹고 싶었다. 그것이 무엇인지 처음엔 뚜렷이 생각나지 않았다. 왜 이 식탁이 슬픈지도 알 수가 없었다. 그러다 문득 수프가 네로의 수프임을 생각한 건 대략 니코의 목소리가 끝나고 다음 트랙으로 넘어가는 시점이었다.

네로의 수프. 그 수프는 《플랜더스의 개》에서 네로와 할아버지가 끓여 먹던 수프였다. 일명 가난 수프라고도 불릴 정도로 건더기가 거의 없던 수프를 네로와 할아버지는 빵 한 조각과 함께 먹었다. 그리고 자신의 죽음을 직감한 할아버지는 네로에게 수프를 끓여 달라고 한다. 몸 져 누운 할아버지를 위해 네로가 항구에서 일주일간 일해 시장에서 제일 비싼 고기 한 덩어리를 사 왔기 때문이다. 숨을 거두기 직전에 네로가 끓여 준 고기 수프를 한 입 넣은 할아버지의 마지막 말. "이렇게 맛있는 수프는 처음 먹어 보는구나."

여기엔 '과정'이 있다. 이야기가 있다. 네로가 일주일간 일한 돈으로 세상에서 제일 비싼 고기를 사 가지고 한걸음에 달려온 그것. 수프에 담겼다. 현대인의 불행은 여러모로 이러한 과정들을 패스하면서부터 자란다. 애당초 통조림은 전쟁 중 군인들의 식량을 더 오래 보존하기 위해 발명한 음식이다. 그리고 현대의 산업 병사들을 위해 통조림과

패스트푸드는 한 번 더 위력을 과시한다.

"아일 비 유어 미러. I'll be your mirror."

벨벳 언더그라운드는 노래한다.

바로 그 거울. 벨벳 언더그라운드가 결성되고 예술 공장 팩토리가 왕성하던 1960~1970년대 뉴욕 소호. 그곳은 19세기의 파리 몽마르트 같았다. 과거 화가, 음유시인, 작가들이 파리로 몰렸듯 현대의 예술가 혹은 비트 제너레이션들이 그곳으로 몰렸다. 그들은 천사의 날개를 크리넥스 티슈로 그렸고 현대의 심장을 수프 깡통으로 표현했다.

그곳엔 루벤스 그림 같은 숭고함도 네로의 소울 수프도 없지만 거울이 있다. 벨벳 커튼 뒤에 가려진 현대의 리얼 얼굴. 이를 야유하되 그대로 보여 주는 언더그라운드 정신의 뿌리가 태동한 곳, 1960년대 뉴욕 소호다.

그저 평범한 날의 내가 사는 이곳에서 일상 우주 여행자는 그곳을 여행한다. 벨벳 언더그라운드의 《바나나 앨범》을 들으며 먹는 한 끼의 깡통 식사로. 대통령도 엘비스 프레슬리도 마돈나도 먹었던 캠벨 수프를 먹으며.

이곳은 파리,
카페에서 일상 혁명

/ 홀로 받아쓰기, 그리고 일상 혁명 /

파리를 선호하는 사람들 대개가 갖고 있는 작은 동경들이 있다. 그중
엔 생제르맹 또는 몽파르나스 카페 거리가 빠지지 않는다. 왠지 검정
뿔테 안경을 쓴 남자가 파이프 담배를 물고 있을 것 같고 보부아르를
닮은 여인이 노천 카페에 앉아 누군가와 열띤 토론을 벌일 것 같다.
파리의 카페 거리는 그런 통상적인 아우라를 지녔다. 이런 데에는 많
은 이유가 있겠지만 무엇보다 그곳에서는 자유와 실존의 냄새가 피
어오른다고나 할까.
특히 파리를 대표하는 많은 카페 중 '플로르'란 곳이 있는데, 사르트
르와 보부아르가 주거지로 삼았던 곳이다. 그곳에서 사르트르는 오
전 아홉 시부터 정오까지 원고를 쓰고, 점심을 먹기 위해 나갔다 돌
아와 휴식을 취한 뒤 다시 오후 네 시부터 여덟 시까지 원고를 썼다.

그렇게 해서 《존재와 무》가 태어났다. 카페에 앉아 밀크티를 홀짝거리며 하루 일곱 시간 원고지에서 눈을 떼지 않고서. 이들 외에도 이 카페엔 피카소, 헤밍웨이, 카뮈, 앙드레 말로, 롤랑 바르트도 끼어 있었다. 그들은 다만 썼다. 각자의 종이 위에 자기 자신의 정신과 우주를 그리고 썼다.

그리고 21세기. 동네의 어느 작은 카페에서 제2의 사르트르와 보부아르, 헤밍웨이, 롤랑 바르트 들이 조용히 세포분열을 하고 있을지도 모를 일이다. 대형 커피 매장이 즐비한 현실에서 '비싸지만 맛있는 커피와 달달한 케이크를 골라 맛볼 수 있는 수다의 장'이란 인식이 역시 크지만, 그러함에도 카페란 태생적으로 실존이라는 특수성을 버리지 않는 곳이며 또 버릴 수 없는 곳인 것도 같다. 왜냐? 그곳은 홀로 종이책 또는 다이어리를 펼쳐 볼 수 있는 상당히 드문 장소 중의 하나임이 분명하기 때문이다. 스마트 시대에 지하철에서조차 멀리하는 종이책과 다이어리, 그것 말이다.

· ·

실존주의는 '홀로 받아쓰기'의 시간이다

집 밖은 물론 집 안에서조차 페이스북이나 트위터를 통해 끊임없이 자신을 노출하고 또 과시가 포함된 나와 타인의 기록들을 꼼꼼히 서

평하며 그에 맞장구쳐 주고 반응해 주는 것이 예의가 되고 일상화되어 버린 요즘은 노출의 시대다.

그와 반대로 일상 우주 여행자는 애써 카페에서 홀로 있는 시간을 만들어낸다. 누구도 몰래, 실존파들이 득실대던 파리의 에스프리에 기대고, 또 그들의 쓰기 작업을 흉내 낸다. 누구에게도 드러내지 않을 비밀 노트 한 권을 들고. 조용히 카페 구석에 앉아 초등생마냥 받아쓰기의 시간을 갖는다. 사르트르나 보부아르가 입이 닳도록 외쳤던 실존과 휴머니즘, 그런 것은 몰라도 된다. 중요한 것은 내 목소리다. 누구에게 보여 주기 위한 목소리가 아닌, '내 목소리'를 들리는 대로 적어내려 간다. 아무것도 들리지 않는다면 그저 텅 빈 노트라도 좋다. 처음부터 들린다면 그 역시 재미없는 여행일 터이다.

94

과거 나는 무엇을 봤고 무엇을 생각했고 무엇에 떨림을 느꼈는지.

미래에 나는 무엇을 보고 싶어 하고 무엇을 생각할 것이며

무엇에 떨림을 느낄 것만 같은지.

그것을 알기 위해서는 현재.

현재 나는 무엇을 보고 무엇을 생각하고 무엇에 떨림을 느끼는지……

조용히 적어본다. 누가 보든 안 보든 그저 내 몸에 촘촘히 자기 진실을 기록하는 '홀로 받아쓰기'의 시간, 말하자면 오아시스이다. 사막을 걷는 낙타에게 필요한 무형의 오아시스.

동네 카페 구석진 자리에서 누구에게 들려 주기 위한 목소리가 아닌, '내 목소리'를 듣고 조용히 적어 내려가는 것. 사르트르나 보부아르의 실존주의를 이해하지 못해도 여행자는 이미 그것을 실행하고 있는지도 모른다. 여행자 자신의 손으로.

작은 혁명의 시작이다. 이왕 파리 카페의 에스프리에 기댄 여행. 사르트르와 보부아르 이전의 파리 카페로 시간을 돌려본다. 절대명사처럼 익숙한 프랑스 대혁명. 이 혁명의 맹아가 움트고 자란 곳 역시 18세기의 카페였다. 역사책에서 흔히 들었던 이름들. 가령 프랑스 혁명에 불을 붙였던 볼테르와 루소가 카페를 아지트 삼아 만났고 마라와 로베스피에르, 그리고 미라보 역시 카페에서 정보를 교환했다.

말하자면 카페는 커피를 마시는 공간 이상의 의미였다. 엄격한 계급 사회를 유지하며 생활공간을 나누었던 18세기에 다양한 계급들이

모여들어 의견을 나눌 수 있는 곳이었다. 한마디로 카페는 아고라였다. 그곳에서 그들은 유토피아적 몽상, 아나키즘적인 모반을 계획하기도 했다. 대표적으로 카페 프로코프에서는 〈시민신문〉이 발행되었고, 혁명의 드라마를 이끈 주역들이 연설을 했고 시민들 역시 카페에서 '의식'을 키웠다. 그야말로 카페는 혁명의 대학과 같았다. 그리고 1789년 역사의 날. 혁명가들과 시민들은 다른 곳도 아닌 바로 '카페' 앞으로 집결하여 바스티유 감옥으로 행진했다.

그리고 수백 년 뒤. 일상 우주 여행자는 오늘도 동네의 작은 카페에서 작은 혁명을 진행한다. 과거의 모습과 달라져 표면적으로 드러나는 움직임은 없다. 그러나 각성이라는 동질의 옷을 입고 일상 혁명이라는 이름을 달았다.

홀로 있음의 시간, 그리고 모반의 내면 쓰기 작업으로 세상을 바꾸는 대신 세상에 휘둘리지 않을 힘을 기른다. 보여 주기식 노출을 위한 선택이 아닌, 순간순간 자기 내면에 귀기울이면서.

"산다는 것은 서서히 태어나는 것이다"라고 생텍쥐페리는 말했다. 이 말은 조금씩 필요 없는 옷을 벗어 나가겠다는 것인지도 모른다. 산업 기계로서 도구적인 삶에 길들여진 옷, 그 옷을 조금씩 벗는 것이다. 그리고 알몸으로서의 자존적 공간을 확보해 가는 것. 조직과 집단에서 벗어나 잠시라도 오롯이, 알몸으로 홀로 있음을 선택하는 이 쉽고 단순한 혁명. 이로써 세상 잣대에 휘둘리지 않고 서서히 조금씩 태어날 수 있다면, 이 작은 혁명을 시도하는 사람이 한 사람씩

늘어난다면, 혁명처럼 단번에 180도 세상을 바꾸는 시도는 아닐지라도 각 개인이 1도씩 흔들 수는 있으리라. 그렇게 1도씩, 또 1도씩……
그러다 보면 그 어느 날 아마도…….

카페 플로르의 단골이던 여배우 시몬느 시뇨레는 이렇게 말했다.
"오늘의 나는 삶을 다시 받았습니다. 나는 1941년 3월의 어느 날 밤 파리 6구 생제르맹 거리의 카페 드 플로르에서 태어난 사람입니다."
여배우 시몬느는 카페에서 삶을 다시 받았노라 선언했다. 일상 혁명의 모토, 거듭남이다. 물론 카페가 모든 이에게 동질의 혁명 기운을 제공하지는 않는다. 다만 유흥의 꽃을 피울 장소가 될지, 일상 혁명의 맹아가 움틀지는 온전히 카페 키드의 몫이다.
그러하기에 가끔 파리의 에스프리 기운을 받아가며 나 홀로 받아쓰기를 해 보는 이 여행을 일상 우주 여행자는 틈틈이 시도한다.
덧붙이건대, 앙드레 말로의 유명한 이 한마디.

"오랫동안 꿈을 그린 사람은 반드시 그 꿈을 닮아간다."

말로가 이 말의 맹아를 조용히 키워낸 곳 역시, '카페'였다.

미궁 속을 헤맨다.
어느새 컴컴해진 골목골목을.

기억의 시간을 따라 여행은 모험으로 변한다.

02 방랑 여행

일부러 길을 잃다

"인간은 노력하는 한 방황한다."

- 괴테, 《파우스트》 중에서.

목적지 없는 여행,
단지 온 더 로드

/ 목적지는 길의 끝이 아니라 그 길 위에 있다 /

이 버스를 탄 뚜렷한 이유는 없다. 어디를 지나 어디로 갈지 여행자는 모른다. 무작정 이름 모를 버스에 올랐을 뿐. 그래서 이 여행은 그물을 치지 않은 바다처럼 태평하다. 반드시 봐야 할 풍경도, 내려서 필히 도착해야 할 목적지도, 누군가를 꼭 만나거나 무언가를 수행해야 할 것 또한 없기에.

굳이 이유를 들라면 생김새다. 20년 전에 봤을 법한 하얗고 파란 디자인의 간첩신고 포스터에서나 보던 굵고 큰 글씨의 넘버 1. 분필로 한 번 쫙 그은 듯 정직하게 내리꽂은 1이라는 글자에 맘이 동했다. 이제 출발. 이 1번 버스가 어디를 지나 어디에 다다를지 일부러 조사하지 않았다. 이 여행은 우연성에 있고 대개의 보물들은 지도 밖에

묻혀 있기에.

과거 로마 여행을 떠올려본다. 첫 여행지에서 가장 놀라웠던 점은 그림엽서에서 보던 콜로세움이나 시스티나 성당에서 받은 숭고함이 아니었다. 여행 중에 만난 한국들인의 놀라운 정신력이었다. 한결같이 자신의 스케줄 노트에 꼭 봐야 할 박물관과 미술관, 역사 유적지를 빽빽하게 적어 두었고, 이른 새벽이면 어김없이 사전처럼 두꺼운 가이드북을 손에 끼고 걸음을 재촉했다.

어딘가에서 본 듯한 익숙한 모습이다. 보충수업에 나서는 수험생처럼 오늘은 박물관을 세 개 돌았지만 내일은 이보다 더 많은 박물관을 돌 것이라는 눈빛을 보였다. 무엇보다 시간상 전시작품을 다 둘러보지는 못했지만 박물관 앞에서 사진을 찍었으니 매우 만족해 하며 웃는 모습은 극히 놀라웠다. 오늘은 어디를 갔고 그 증표로 사진을 찍었느냐가 상당수 여행자들 사이에서 중요한 룰이었다. 그 첫 여행에서 결심했다.

누구보다 게으른 여행자가 되겠노라고.

여행 방법은 사는 방법만큼이나 다양하다. 난 많은 장소보다 한 곳에 오래 있길 원했고 완벽한 여행 스케줄은 애당초 버렸다. 이틀 이후의 스케줄은 잡지 않았고 우연에 맡겼다. 그것이 내가 선택한 방식이었다.

놀라운 일은 그 뒤이다. 목적지에서 사진을 찍는 재미 대신 그곳으로 가는 길목, 더 정확히는 길바닥에 앉아 사람들을 구경하는 재미에 빠지게 됐다. 그러다 보니 사람 옆에 돌아다니는 비둘기가 보이고 비둘기가 주워 먹는 빵부스러기와 그 빵 사이로 솟은 바닥의 풀들이 보였다. 빵부스러기를 쪼는 비둘기 얼굴에 박힌 검은 눈동자는 참으로 관능적이기까지 했다. 그렇다, 우피치 미술관의 티치아노 그림. 정확히 관객과 시선을 맞추던 우르비노의 비너스 눈빛이다. 본능적 비둘기의 눈빛에서 티치아노가 담은 빛과 심장을 예감해 본다.

그림은 박물관 안에도 있지만 박물관 밖에도 있다. 동시에 박물관은 로마에도 있지만 파랗고 하얀 1번 버스 칸에도 있다, 분명히. 어디서 내려야 할지 미리 정하지 않았다는 건, 모든 정류장이 내려야 할 목적지이기도 하다는 뜻이다.

그래서 앞을 보는 대신에 옆을 본다. 목적지가 길이 되는 순간이다. 그렇게 되면 버스가 설 때마다 그 장소가 운명처럼 다가온다. 다른 때 같으면 그냥 넘겼을 동네 풍경이 마치 깊은 인연이라도 맺으려는 듯 '여기서 내리시오'라며 유혹한다.

부천에서 시흥으로 가는 길목은 녹음이 펼쳐져 있다. 농지나 개발 제한 구역으로 묶여서인지 산과 들이 낮게 펼쳐진 모습은 생각지도 못했기에 더 강렬하다. 우연히 1번이라는 글자에 홀려 타 버린 버스. 그러기에 더더욱 낯설고 곳곳에 서는 모든 정류장이 어서 내리라고 손짓한다. 모든 정류장이 마치 스스로 언제 간택당할지 모른다는 기대감에 부푼 예비 황후 같다.

그러자 창 밖 풍경도 더욱 생기를 띠기 시작한다. 주차된 자전거가 풀썩 넘어지는 풍경, 가게 앞 의자에 앉아 담소를 나누는 두 노인의 확신에 찬 표정, 오빠에게 세상에서 가장 재미난 이야기라도 전하는 듯한 소녀의 참새 같은 입술이 또렷이 내게로 온다. 그리하여 넘어지는 자전거에 나 역시 순간적으로 놀라고 참새 입술 소녀가 무슨 얘기를 그렇게 신나게 하는지 궁금하다 못해 그 이야기를 듣고 싶다.

그러자 '이판'이라는 마드리드 출신의 줄타기 아티스트가 떠오른다. 서울 페스티벌이나 안산 거리극 축제와 같은 우리나라 행사에서 종종 모습을 보였던 그는 스페인 출신 줄타기 예술가다. 어른 키만 한 높이에 줄을 매달고 줄 위에 눕기도 하고, 의자를 놓고는 앉기도 하고, 썰매처럼 미끄러지기도 하며, 서서 줄 달린 공을 양손으로 돌리기도 한다. 그가 줄타기를 하는 동안엔 평화로운 피아노 연주가 흐른다. 피아노 선율에 맞춰 흔들흔들 줄 위에서 노는 이판의 모습은 꼭 요람 속 아이 같다. 어떨 땐 그물 침대에서 세월을 보내는 인디언 추장 같기도 하고.

한마디로 줄 위는 천상의 놀이터처럼 아늑해 보였다. 무엇보다 흔들리는 줄 위에서 그는 공연을 하면서도 지나는 아주머니에게 인사를 하고 옆에 있는 아이에게 장난을 걸기도 했다.

공연의 제목은 〈목적지 없는 여행〉으로 그는 서툰 한국어로 시작한다.

"나의 아버지는 이렇게 말씀했어요. '이판, 너는 아무것도 못해.' 그때 나는 정말 내가 할 수 있는 게 없을까 생각했지요. 그러던 어느 날 어항 속 물고기들이 즐겁게 춤추며 노는 것을 보았어요. 물고기들의 춤을 보며 나도 뭔가 할 수 있는 게 있을 거라 생각이 들었죠. 그러고 는 줄타기를 배웠어요."

그의 경험담이다. 아버지는 그에게 "그리 살다가는 이판 너는 아무 것도 못 할 거야"라고 경고했다. 하지만 그는 물속에서 춤추며 노는 물고기를 운명처럼 보았다. 그 순간 그의 가슴엔 스파크가 튀었다. '퉁'하고 줄이 떨리듯. 그리고 그는 광대의 꿈을 키웠으며 스페인 마드리드, 러시아 모스크바, 프랑스 뚜르즈 서커스 학교에서 열정적으로 줄타기를 배웠다.

그는 줄 위에서 사는 법을 배웠고 무엇보다 삶을 여행하는 법을 배웠다. 광대의 즐거움은 줄의 시작에도 끝에도 있지 않았다. 그저 줄 위에 있었다. 목적지에 다다르는 것이 아닌 줄 위에서 신나게 한판 노는 것, 그것이었다.

세상의 아버지들은 항상 무슨 일을 시작할 때나 어딘가로 출발할 때에는 반드시 뚜렷한 목적을 지녀야 한다고 말한다. 그래서 스스로 목적을 찾기도 전에 아버지의 목적지로 떠밀리듯 가다가 병이 생겨 버린다. 오랜 세월 인류의 역사는 헤아릴 수 없을 만큼의 강박과 정신병원을 생산해 왔다.

하지만 이판은 말한다. 아니 행동한다. "삶의 줄타기란 출발지도 목적지도 아닌 줄 위에서 이루어진다"고. 그는 A자형 봉을 양쪽에 세우고 그 사이에 이어진 줄 위에서 공을 돌리고 신나게 미끄러진다.

오늘도.

· ·

모든 여행은 이미 길 위에서 완성된다

버스는 시흥을 지나 안산으로 빠진다. 시원하게 펼쳐진 녹음을 지나고 상가와 버스가 스칠 듯 가까운 좁은 도로도 지나고 아파트 단지들도 지난다. 약국과 초등학교 그리고 도서관도 지난다. 어디서 내릴까? 도서관? 주말이라 활기찬 재래시장? 보다 조용한 영각사와 같은 작은 사찰? 어디가 좋을까? 어느 쪽이 더 재미날까. 물론 알 수가 없다.

꿀벌은 태양의 위치와 자외선을 이용해 길을 찾는다. 비둘기는 몸속에 내비게이션 같은 게 있어서 보금자리로 돌아갈 수 있다고 한다. 그렇다면 인간은? 난 단지 1번이라는 글자가 시원시원해서 버스에 올라탔을 뿐인데? 그렇더라도 언젠가 내려야 한다.

슬슬 배가 고파온다. 허허벌판인 곳보다는 역 근처가 배를 채울 식당들을 만나기 쉽지 않을까 하여 내리기로 한다. 꿀벌처럼 자외선으로 길을 찾을 수도 비둘기처럼 몸속에 내비게이션도 지니지 않은 인간은 온갖 모호함들 속에서 길을 찾는다. 내비게이션 없는 인간이기에 우연과 필연에 의지한다. 직관을 나침반 삼아.

안산역에 내리니 배가 무척이나 고프다. 아점만 먹은 상태에다 벌써 오후 세 시가 넘었다.

일기일회(一期一會). 모든 것이 일기일회다. 모든 순간은 한 생애를 통틀어 단 한 번이다. 아무리 사소한 선택이라 해도 마찬가지다. 하필 오후 세 시에 배가 고팠고 무엇보다 버스 1번을 택한 것 역시 일기일회다. 당시의 시공간적 상황, 감정적 상태, 주변 환경들이 만들어낸 인과……. 이 모든 것이 맞물려 단 한 번 이루어지는 우주적 결정체다. 지금과 똑같은 상태가 또 한 번 만들어질 가능성은 희박한 정도를 넘어 불가능하다. 우연한 1번 버스와 그날 여행자의 심리, 날씨와 장소, 그리고 그날 한시에 모인 사람들의 상황까지를 몽땅 포함한 아승기 나유타 무량대수의 상태들이 얽히고 엮여, 바로 그 일기일회를 만든다. 그렇게 안산역에 도착한 것이다. 우연히.

그리고 예상치 못했던 광경이 펼쳐졌다. 이곳이 정녕 한국인가? 역 광장을 가득 메운 사람들은 모두 나 빼고 외국인이다. 캄보디아, 인도네시아, 파키스탄, 네팔인들이 광장에 몰려나와 누군가를 기다리고 또 만난다. 친구에게 전화를 걸어 그들의 언어로 재촉하고 있고, 그 옆에 있는 상인은 토스트 대신 오리알 반숙을 팔고 있다. 그날은 동네 축제라도 있었나? 외국인 수백 명이 약속이라도 한 듯 몰려나왔다.

찻길을 건너 널찍한 골목으로 들어서자 나는 그만 '씨엠립'이라고 중얼거렸다. 거리 간판들과 보도블록의 색깔, 거리 어디서든 만나던 망고스틴과 두리안 등의 열대과일, 무엇보다 거리 양쪽으로 늘어진 가판대의 꼬치구이 냄새가 씨엠립을 떠올리게 했다. 나중에 알았지만

여기는 원곡동 다문화 거리였다.

애당초 예상하고 갔더라면 놀랄 이유는 없었다. 그러나 이 거리는 동남아시아 거리를 재현한 것이 아니라 거의 완벽에 가까울 정도로 그 거리 자체. 주민의 70퍼센트 이상이 외국인들인 이곳은 전시용으로 흉내를 낸 관광지나 모형 파크랜드가 아니라 그냥 그들이 사는 곳이다. 다만 1번 버스가 안내한 다문화 거리의 낯선 풍경이 피부 모공 하나하나로 들어와 강렬하게 부딪힌다. 모든 것들이 살아 있다. 목적지 없는 여행이 주는 묘미는 바로 이러한 우연성과 강렬함이다.

돼지귀와 콩팥, 혀를 가득 쌓아 놓고 파는 난전엔 오리목 한 상자와 닭의 심장으로 가득 찬 바구니가 눈에 들어온다. 그곳에서는 그들이 이방인이 아니라, 내가, 내가 이방인이다. 살고 있는 집에서 불과 버스로 한 시간 정도 떨어진 곳이지만 그곳에서 나는 완벽하게 이방인이었다.

발 디딜 틈 없이 쏟아져 나온 그들 사이를 걷자니 평생을 다른 나라에서 이방인으로 살았던 그리스 시인 카바피스의 시 〈이타카〉가 떠오른다. 이타카는 트로이 전쟁에 참여한 그리스 영웅 오디세우스의 고향이다. 바다의 신 포세이돈의 노여움으로 20년을 고향에 가지 못하고 이곳저곳을 떠도는 운명의 오디세우스가 고향 이타카로 향하는 모험을 그린 이야기가 바로 호메로스의 《오디세이아》다.

그런데 카바피스는 호메로스가 그린 오디세우스의 항해를 도착해야 할 고향 이타카에 두지 않았다. 이타카로 가는 여정 자체에 힘을 실어 노래한다. 마지막 두 연은 읽고 또 읽어도 처음 발견한 금맥처럼 신선하다. 이 땅의 모든 이방인이자 오디세우스들을 위한 그의 노래, 〈이타카〉의 마지막 연의 일부다.

길 위에서 너는 이미 풍요로워졌으니,
이타카가 너를 풍요롭게 해 주길 기대하지 마라……
설령 그 땅이 불모지라 해도, 이타카는
너를 속인 적이 없고, 길 위에서 너는 현자가 되었으니,
마침내 이타카의 가르침을 이해하리라.

〈이타카〉 중, 콘스탄티노스 카바피스

사실상 고향 이타카에 도착했느냐 실패했느냐보다 오디세우스 항해
의 결정적인 가치는 바로 길 위에 있다. 악으로 깡으로 이타카에 도
착했는데 그곳이 예상치 못한 불모의 땅이라 해도 그 가치는 이미 길
위에서 완성되었다. 이 땅의 모든 고향 상실자 오디세우스들에게도

이 순리는 비켜가지 않는다.

항해의 목적지는 도착 지점인 줄의 끝과 끝이 아니라 줄 위에 있다. 길 위에서 먹고 향기 맡고, 잃고 얻으며 또 잃는 사이, 우리는 무언가를 잉태한다. 이타카는 도착해야 할 어느 곳이 아닌 잉태해야 할 무엇이다. 인간은 자신만의 고향을 스스로 잉태해 내야 한다.

일상 우주 여행자는 길 위에 한참을 서 있다. 많은 고향 상실자이자 이방인들 사이에 똑같이 서서 그 길을 바라보고 향기로운 두리안과 바삭하게 구워지는 꼬치를 쳐다본다. 그리고 생각한다. 진짜 고향 상실자들, 우리 주변의 진짜 고향 상실자들을 생각한다. 아버지나 학교가 준 목적지를 향해 걸어가며 그것이 내가 정한 꿈, 혹은 이타카로 오해하며 사는 숱한 고향 상실자들. 그 속에서 여행자는 광대 예술가 이판의 놀이를 떠올린다.

세상의 중력은 작은 인간이 감당하기엔 턱없이 무겁다. 이판의 아버지의 말, "그렇게 살다간 너는 아무것도 할 수 없어"라는 공포도 툭 하면 만난다.

바로 그 공포. 중력의 세상은 바로 그런 착한 낙타를 원한다. 공포와 두려움 속에서 아버지가 준 목적지를 향해 짐을 끌고 가는 착한 낙타. 그러나 애당초 목적지는 길 끝이 아니다. 중력에서 벗어나 길 위에서 가슴의 이끌림을 찾아 낼 때, 잃어버린 이타카로 가는 샛길을 만날지 모른다. 목적지는 모든 길 위에 있다.

이름 모를 골목을 헤매는
미궁 탐험

/ 방황해 보지 않으면 깨닫지 못하는 법이지 /

여기가 어디인지 모를수록 좋다. 지도 없이 삼청동 골목골목을 다녀도 좋고 옛 풍경을 간직한 백사마을 같은 유명한 골목 출사지도 나쁘지 않다. 하지만 내 집 가까운 곳에 숨겨진 뒷골목, 턱없이 가까워 한 번도 가본 적 없는 무명의 골목을 도는 것만큼 미지의 여행이 또 있을까. 특히 개와 늑대의 시간이 다가올 무렵쯤. 낮에서 밤으로 조금씩 모습이 바뀌는 야릇한 시간대라면 묘한 생명체처럼 변한 골목과 마주할 것이다.

어스름한 저녁 뜻밖에 닿은 골목 풍경이 으레 그렇듯 좀 판타지스러운 구석이 있다. 집과 집들이 적혈구처럼 꿈틀대고 골목과 골목은 모세혈관 지류와 같은. 마치 골목 자체가 살아 있는 생물체 같다고나 할까. 단, 하나의 조건을 붙인다면 그곳이 어딘지 몰라야 하며 이

성의 지도를 버려야 한다는 것이다. 그리고 구불구불 여러 길로 뻗은 골목을 택해 지류를 타고 흘러간다. 그렇게 여름날의 오후 예닐곱 시, 일상 우주 여행자는 신발 끈을 동여맨다.

일부러 길을 잃다

하늘은 차가운 블루에 가깝고 성질 급한 가로등 한두 개가 벌써 불을 밝힐 즈음. 골목은 조금씩 밤을 준비한다. 여행자는 횡단보도를 건너 언덕을 올라 동네 산자락 아래로 난 길을 걸어 집들 사이의 골목을 돈다.

프랑스 리옹에는 "집들 사이를 꿰뚫다"라는 말이 있다. 기꺼이 헤맨다는 뜻이다. 옆 동네나 뒷동네로 떠나는 골목 탐험, 여행자는 기꺼이 헤맬 것이다. 왼쪽으로 꺾기도 하고 다시 오른쪽으로 돌기도 한다. 울창한 나무로 둘러싸인 막다른 정원을 만나기도 한다. 여행자는 지금 어디로 가고 있는가? 모른다. 다만 집들 사이를 꿰뚫고 기꺼이 헤매는 중이다. 골목의 지류를 모공 하나하나로 느끼고 굽이굽이 휘어진 길을 가우디의 곡선을 감식하듯 걷는다. 컴컴한 미궁 속을 제 스스로 걸어 들어간 테세우스를 떠올리며.

미궁. 구불구불 구부러진 이곳은 위치를 가늠할 수 없어 한번 들어가면 쉽사리 나올 수 없다. 시야는 벽으로 막혀 전체를 들여다볼 수 없으며, 그리하여 축축한 불안과 깊은 어둠이 헤매는 자를 덮친다. 표지도 법칙도 없다.

캄캄한 벽 앞에서 아무것도 가늠하지 못하는 그때, 순수이성은 우연 앞에 무릎을 꿇는다.

믿어 왔던 직선의 사고방식과 논리는 여지없이 무너지고 철저히 비유클리드 기하학을 따른다. 그래서일까, 이성의 명징함을 내세우던 데카르트와 뉴턴 이래 미궁은 역사의 뒤안길로 사라졌다. 하지만 그전까지 미궁은 인류와 꽤나 오래 접속해 있었다. 특히 고대인들은 미궁의 세계 안에 어떤 마력의 힘과 가능성이 숨겨져 있다고 믿어 왔다.

이제 여행자는 조심스레 옛사람들의 명제를 다시 꺼내 본다. 유사 이래 인류가 품어 왔던, 괴테가 자신이 창조한 《파우스트》를 통해 밝히고자 했던 이것.

"인간은 노력하는 한 방황한다."

일상 우주 여행자는 자신이 걷는 이곳이 어딘지 알 수 없다. 한 번도 걸어 보지 않았던 골목. 조금 전에 몇 개의 구멍가게와 미용실을 지났다. 이곳은 어디인가? 어디로 가고 있는가, 이 지류의 끝은 어디인가? 모른다. 그러나 그러는 사이 푸른 공기가 점점 검어졌고 깊은 고요가 골목을 감쌌다. 골목 어귀 어디쯤에서 테세우스의 발자국 소리가 나는 듯하다. 청춘들만 잡아먹는 괴물 미노타우로스가 살고 있는 미궁. 크레타 섬을 지배하는 미노스 왕의 아내는 신의 노여움으로 인간이 아닌 괴물을 낳게 된다. 황소 머리를 달고 사람 몸으로 태어난 괴물 미노타우로스. 왕은 이 괴물을 밖으로 나오지 못하게 미궁을 지어 가둔다. 대신 매년 일곱 명의 아테네 청춘 남녀가 먹잇감으로 바쳐진다. 그러던 중 테세우스는 제 발로 미궁 안으로 걸어 들어간다. 그런데 미노스 왕의 딸 아리아드네는 젊은 테세우스에게 흠뻑 빠져 그에게 미궁에서 나올 호의를 베푼다. 그녀가 준 것은 하얀 실타래. 그는 그것을 입구에다 매어 놓고 조금씩 실을 풀면서 걸어 들어가 미궁의 중심에 이른다. 그리고 영웅답게 괴물 미노타우로스를 죽이고 다시 실을 따라 교묘히 빠져 나온다. 이 이야기는 그리스 신화다.

그런데 신기하게도 미궁과 관련된 이야기는 고대 그리스뿐 아니라 유럽의 거석 유적지 스톤헨지에서도, 고대 로마의 운동경기에도, 인도의 주술 도형에도, 아메리카 원주민 호피족에서도 나타난다. 회오리처럼 이어진 수수께끼의 미궁 이야기는 동과 서, 시공을 떠나 등장한다.

그리고 일상 우주 여행자는 오늘 시공을 떠나 등장하는 미궁 속을 일부러 헤맨다. 제 발로 걸어 들어간 테세우스처럼 골목을 산책 삼아. 어느새 컴컴해진 골목골목을. 여행자는 생각한다. 대체, 옛사람들은 미궁을 통해 무엇을 말하고 싶었던 걸까. 인류가 기원전부터 믿어온 미궁이 간직한 마력적 힘, 그것이 도대체 무엇이길래? 요즘도 파리를 여행하는 사람들은 샤르트르 성당 바닥에 새겨진 미궁도를 일부러 찾아 그 길을 따라 헤맨다고들 한다. 그 미궁이 샤르트르 성당 바닥이든 동네 골목이든 왜, 많은 청춘들은 기꺼이 길을 헤맬까.

미궁에서 빠져나올 수 있는 방법은 단 한 가지, 반드시 미궁의 중심에 닿아야 한다. 중심을 통과하지 않고 미궁에서 빠져나올 수 있는 방법은 없다. 옛사람들이 미궁을 통해 말하고 싶었던 비밀은 바로 이것이었다. 미궁에서 나오고 싶으면 반드시 중심으로 걸어 들어가라.

방랑 여행

사람을 잡아먹는 괴물, 그것도 유독 청춘들만 삼켜 온 무시무시한 괴물 미노타우로스가 사는 그곳으로 반드시 걸어 들어가야 한다.

. .

기꺼이 헤매는 미궁 모험의 비밀

표지도 지도도 없는 그 안은 철저히 비유클리드적이다. 그 속에서는 공간도 시간도 비선형적으로 흐르며 그렇게 구불구불 기억의 시간을 따라 여행은 모험으로 변한다. 지름길은 없다.

가장 빠른 길은 벽을 같은 손으로 짚고 계속해서 중심으로, 또 중심으로 걸어 들어가는 길이다. 그러면서 모험자는 그 손으로 미궁 안의 모든 벽을 훑는다고 한다. 반드시 모든 벽을.

그것도 진자 모양으로 서에서 동으로, 동에서 서로, 왔다갔다 방향을 선회하며 벽 전체를 훑는다. 그 벽은 바로 미궁을 걷는 자, 자신의 과거 기억이라고 한다. 그렇게 자신의 모든 과거와 만나며 미궁의 중심에 가 닿는다. 거기엔 괴물이 기다린다.

기꺼이 헤매는 동네 골목 탐험은 어쩌면 미궁 모험과 닮았다. 걷는 자의 기억으로 얽혀 있다는 미궁의 비밀. 결국 미궁 모험의 비밀은 골목이라는 공간을 넘은 시간의 벽을 전체적으로 훑는 자기기억 읽기인지 모른다.

미궁을 빠져나오는 가장 빠른 길은 계속해서 중심으로, 또 중심으로 걸어 들어가는 길이다.

일상 우주 여행자는 골목의 그림자 속에서 옛 시간을 훑는다. 서에서 동으로 동에서 서로 선회하며 지난 겨울의, 재작년 봄의, 5년 전의, 10년 전, 20년 전의 나를 만난다. 신발끈을 동여매고 현재의 나에서 출발하니 이십 대의 나, 고교시절의 나, 유년 시절의 나, 그리고 자궁 속 태아의 내 얼굴들이 골목길에 펼쳐지기 시작한다. 중심으로 중심으로. 미궁의 어둠은 찬란한 기억보다 떠올리고 싶지 않은 기억들을 우선 불러들인다.

그것은 무엇인가 혹은 누군가를 상실한 기억일 수도, 분노, 억울함, 또는 타인을 후벼 팠던 몇 가지 죄와 양심의 문제일 수도 있다. 어둠의 골목길을 감식한다는 것은 숨겨 두었던 지저분한 일기장을 펼쳐 드는 것이다. 지중해의 고대 영웅 테세우스 역시 그러했고 멀리 아메리카 인디언 콰키우틀족의 미궁 모험 역시 그러했다.

아메리카 인디언 콰키우틀족은 아이를 괴물이 사는 동굴로 보냈다. 성인식의 일환으로 말이다. 괴물의 이름은 '바푸바쿠아라누푸쉬예.' 이름조차 미궁스럽지 않은가. 아이는 이 괴물이 산다는 어둠의 동굴 안에서 홀로 싸워야 한다. 며칠간.

동굴로 떠나는 아이에게 부족의 큰 어른은 무시무시한 괴물 이야기를 들려준다. 사실 그 이야기는 아이가 어렸을 때부터 들어왔던지라 괴물에 대한 공포는 극에 달한다. 큰 어르신이 한 번 더 겁을 주는 격이다. 그렇게 아이는 극도의 공포감을 안고 동굴 안으로 들어간다.

홀로. 그리고 오직 괴물과 단둘이, 그곳에서 여러 날을 보낸다. 무시무시한 괴물이 언제 튀어나올지 모르는 그곳에서 오직 홀로 버티는 아이. 아이는 무엇을 보았을까? 괴물은 정말 보았을까.

그곳에서 아이들은 가져간 약간의 빵과 물을 먹으며 며칠 밤을 울다 기도하다 지쳐 쓰러지고, 또 울다 기도하다 지쳐 쓰러지고를 반복한다. 그러다가 어느 날 밤, 아이는 전설의 괴물, 바푸바쿠아라누푸쉬예와 정면으로 마주했을지도 모른다. 그것이 진짜 괴물이었는지 기억의 공포가 그려낸 무의식의 그림자였는지는 모르지만. 하지만 환영이든 현실이든 아이는 극도의 공포와 마주했을 것이다. 도망갈 곳 없는 그곳에서.

선택은 단 하나다. 정면응수. 결국 아이는 공포의 실체를 몸으로 겪으며 그 앞에 무릎을 꿇는다. 울기도 해 보고 배워 왔던 부족의 기도문을 읊어 보기도 한다. 그러다 방법을 달리해 어둠을 달래도 보고 위협해 보기도 한다. 며칠 밤낮을 그렇게 울고 기도하고 달래 본다. 그리고 반성하고 용서를 빈다. 그 어둠에, 그리고 스스로의 기억에게, 용서를 빈다. 그런 뒤 아이들은 각자 어떤 결말을 가슴에 품은 채 동굴 밖으로 걸어 나온다. 밖으로 나온 아이는 어딘가 달라져 있다. 인디언들 사이에서는 아이의 가슴에 어떤 힘이 생겼다고 믿는다. 그 힘은 어쩌면 자기 그림자와 정면응수를 통해 얻게 된 아이만의 비밀지혜일지 모른다.

고대로부터 미궁 탈출법은 하나였다. 그 중심으로 걸어 들어간 뒤 괴물과의 정면응수. 기꺼이 헤매는 미궁 모험의 비밀은 바로 거기에 있다. 시간이라는 미궁 모험을 통해 자기기억의 시공 전체를 겪어내는 것, 그리고 자기 그림자에 용서를 비는 것.

모든 미궁의 중심, 그 중심에서는 반드시 미궁을 만든 자의 마음과 만나게 된다. 남미 작가 보르헤스가 그리스 미궁 신화를 바탕으로 쓴 짧은 단편소설 〈아스테리온의 집〉의 결말은 이렇다. 미궁의 중심에서 피 한 방울 안 묻히고 미노타우로스를 처단한 테세우스가 나와 아리아드네에게 깜짝 놀라며 말했다.

"믿을 수 있겠어, 아리아드네? 미노타우로스는 전혀 자신을 방어할 생각조차 하지 않았어."

괴물은 그렇게 사라졌다.

자신을 방어할 생각조차 없었다. 오히려 그곳에서 기다렸다. 누군가 제발 자기를 찾아오기를.

미궁에 갇힌 그림자들 대개가 그런 마음인지 모른다. 우리가 만들어낸 기억의 벽들은 말짱 허구이고 자기 그림자인 미노타우로스는 영원한 죽음을 기다리는지 모른다.

완전한 밤이다. 여행자는 구불구불 골목을 꺾고 오르락내리락 알 수 없는 길을 걷는다. 현대에서 길을 잃어버린다는 것은 시간 효율에 어긋나는 어리석은 행위이다. 그것은 시간과 돈을 잃는 것이다. 하지만 옛사람들은 어른이 되기 전에 반드시 길을 잃고 미궁의 중심으로 걸어 들어가라고 말한다.

일상 우주 여행자 역시 일부러 길을 잃는다. 고대로부터 이어진 옛

지혜를 따라. 산자락 아래까지 걸어올라 또다시 꺾인 골목에 들어서서 모르는 집의 창문과 마당과 가스 배관과 버려진 쓰레기 봉투를 쳐다본다. 직선이면 단 십 분에 주파할 거리를 돌고 돌아 기억의 길을 걷는다. 자기기억의 벽을 훑는 것이다.

메피스토펠레스가 파우스트에게 건넨 이 말을 기억해 본다.

"방황해 보지 않으면 자각에 이르지 못하는 법이지. 생성을 원한다면 자네 자신의 힘으로 이루어 보게나!"

세상 끝의 풍경,
지하철 타고 끝에서 끝으로

/ 지구의 끝 파타고니아는 과거를 묻지 않는다 /

세상의 끝, 그곳은 어디일까? 오늘 일상 우주 여행자는 그곳에 닿고
싶다. 그런데 정말 그런 곳이 있기는 할까? 덴마크 최북단 스카겐 그
레넨 지역의 독특한 바다. 서쪽 해류와 동쪽 해류가 바다 한가운데서
만나면서 왼쪽 바다는 연한 코발트색, 오른쪽 바다는 진한 감청색의
묘한 광경을 연출한다. 마치 두 개의 바다가 만난 듯한 묘한 이 풍경
을 두고 그곳 주민들은 '세계의 끝'이라고 부른다.

그러나 또 다른 어떤 사람들은 남미의 끝 파타고니아를 지구의 끝이
라고 부르며, 누구는 유라시아 서쪽 끝의 광활한 절벽 포르투갈의
로까곶을 세상 끝이라 믿는다. 그리고 스리랑카엔 지명 자체가 '세계
의 끝'인 곳도 있고, 한반도 땅끝 마을 해남에도 역시 땅끝을 알리는
표지가 있다. 그러니까 사람들은 저마다 자기가 본 광막한 풍경을,

세상의 끝이라 믿는다. 다만 믿는 것이다. 그곳이 세상의 끝이라고.

그러니 이런 끝도 있다. 더는 앞으로 나아갈 수 없는 최종 선고와도

같은 4호선의 세상 끝. 일상 우주 여행자는 코발트빛 4호 라인을 따

라 세상 끝으로 향한다. 다양한 색깔의 지하철 노선 중에 군이 4호선

을 택한 이유는 간단하다. 다른 노선에 비해 푸른 대지의 시원함을

만날 기회가 조금 더 많다는 지하철 여행 마니아들의 조언 때문이다.

사실 어느 라인이 되었건 끝을 향해 달리는 기차란 사실이 중요하다.

실제로도 남미 끝에 위치한 파타고니아에는 세상 끝을 달리는 기차

가 운행되고 있다. 물론 인기도 좋다. 많은 관광객들이 이 기차를 타

고 남미 끝에서 내린다. 남미의 땅끝. 그러나 여기서 멈추지 않는다. 그들은 기어이 배까지 타고 나가 '우수아이아'라는 마지막 섬에 다다른다. 많은 사람들이 굳이 닿으려는 세상의 끝. 광막하면서도 미지의 아우라가 담긴 그 공간에 실제로 가 닿으면 과연 어떤 느낌일까. 사람들은 그 끝에서 무엇을 만날까? 그보다, 정녕 그곳은 세상 끝일까? 코발트빛 4호선의 끝 오이도 역에서 물음은 시작한다. 더 이상 갈 곳 없는 4호선의 몸체가 오이도 역 한쪽 끝에서 쉬고 있다. 사실 조금 지쳐 보이는 녀석은 또 다른 출발을 위해 숨을 고르고 있다. 파란 몸통을 바치고 열심히 굴렸을 바퀴를 잠시 멈춘 채 스트레칭을 하며 또 다른 질주를 위해 다리를 풀어 주는 중이다. 일상 우주 여행자는 녀석을 기다리며 끝없이, 평행선을 그으며 이어진 레일 위를 구경한다. 미지를 향해 끝없이 뻗어나간 철길. 어쩐지 고전 냄새가 나는 풍경이다. 언제 봐도 여행자 향수를 부르는 스테디셀러 같은. 그리고 광막한 레일의 풍경을 보니 자연스레 존 버거와 장 모르의 책,《세상 끝의 풍경》이 떠오른다.

1950년대부터 세계 보건 기구에서 특파원 자격으로 활동하며 세계의 풍경을 담아온 노 사진작가 장 모르. 그는 암 판정을 받고 스위스 제네바의 한 병원에 입원한다. 그리고 병원 근처의 아브르 강변을 산책하며 이 책을 구상한다. 그곳은 사람들 사이에서 '세상 끝'으로 불리는 지역이었다. 그렇게 세상 끝에서 목숨을 부지하고 다시 집으로 돌아올 수 있었던 그는 창고에 있는 50만 장의 사진을 꺼내 본다. 그

러고 나서 고른다. 오직 '세상 끝의 풍경' 냄새를 담고 있는 사진들을. 그리고 살아 돌아온 노 사진작가의 손에 의해 백한 장의 세상 끝의 풍경들이 세상에 나왔다. 바로 그 백한 가지 《세상 끝의 풍경》을 옆에 끼고 여행자는 오이도 역을 출발한다. 4호선의 또 다른 끝으로 가는 길이다.

텅 빈 객차로 출발했던 4호선. 두어 정거장을 지나면서부터 승객들로 조금씩 채워진다. 그리고 그들 뒤로 반짝이는 녹음의 풍경. 미리 입수한 정보대로 야외로 탁 트인 풍경이 약속의 땅처럼 펼쳐진다. 봄날의 따사로움 때문인지 바깥 풍경은 젖과 꿀이 흐른다던 가나안의 땅만큼 유혹적이다. 그러나 안타깝게도 객차 안의 승객들은 풍경에 크게 관심을 두지 않는다. 비슷한 역들이 반복되는 단조로움 속에서 사람들과 부대끼고 거기에 퇴근길 피로까지 겹쳤다면 당연히 그럴 것이다. 이런 마당에 약속의 땅 가나안의 풍경이 어떻다는 등의 얘기는 내가 생각해도 좀 어처구니가 없다.

그. 리. 하. 여 세상 끝에서 출발한 이 일상 우주 여행은 다소 보장된 행복이다. 텅텅 빈 종점에서 출발한 여행자에게는 자기 엉덩이를 눕힐 작은 공간 하나는 아주 확실하니까. 아무리 객차가 만원으로 변했어도 지하철 종점 여행의 불문율. 종점 여행자는 앉아 간다. 살짝 미안한 마음으로 바깥 풍경을 쳐다본다. 창문 밖에는 약속의 풍경이 여전히 펼쳐져 있다. 마치 종점 여행자를 위한 상영관처럼.

열차는 쌍문동과 창동을 지나자 다가올 종점을 예고라도 하듯 다시 한적해졌다. 텅텅 비어 버린 객차 안. 순간 놀이공원의 관람열차를 타던 때가 떠오른다. 언제나 놀이공원의 풍경이 되어 주기는 하나 인기는 없는 대형 관람열차. 웬만해서 타진 않지만 대신 꼭 그 앞에서 기념사진만은 남긴다. 어쩌다 올라타더라도 기대를 저버리지 않고 과묵하게 맨 꼭대기까지 올랐다가 아무 일도 없었던 것처럼 다시 내려온다. 이제 무슨 일이 벌어지겠지 하고 생각하던 차에 도착하는 것이다. 그렇게 당고개 역에 도착했다.

오직 4호선 레일의 끝, 그 끝을 만나기 위해. 일상 우주 여행자는 가장자리 플랫폼으로 걸어가 본다. 쭉 뻗은 레일의 평행선이 하나의 소실점으로 만나는 풍경은 어딘가 모르게 영원의 그림자를 풍기기에. 여행자의 고전 같은 그 풍경을 다시 볼 심산이다. 눈앞으로 가없이 뻗은 레일을 기대하고 여행자는 당고개 역 가장 끝의 플랫폼에 당도한다. 4호선의 끝이다.

그러니까 그 끝은…… 완벽하게 막혀 있다. 출발점인 오이도 역과는 또 다르다. 탁 트인 레일의 풍경은 온데간데 없고 사방으로 꽉 막힌 유리문에 적힌 '출입금지' 푯말뿐이다. 이를 한 번 더 경고하기 위해 바로 아래 '위험'하고 두 자까지 정확하게 박혀 있다. 광막한 평행선의 풍경 대신 여행자를 맞아준 건 꽉 막힌 유리문과 빨간 경고문. 피식, 웃음이 새어나온다. 상당수의 여행이 그렇다. 모든 기대는 무너지기 위해 존재하는 법. 그래서 재밌다.

노작가 쟝 모르 역시 이 사실을 예감했다. 그는《세상 끝의 풍경》의 가장 마지막 페이지를 이런 말로 닫는다.

"실제로 세상 끝에 이르기란 불가능하다. 다만 이 세상에서 저 세상으로 부단히 움직이는 것으로 만족해야 한다."

그는 마치 지하철 4호선의 마지막을 본 것 같다. 선물 상자처럼 조용히 뒤에서 잠깐의 휴식을 취하는 저 객차는 곧 또다시 저 편의 끝, 오이도 역으로 부단히 움직일 것이다. 이 세상에서 저 세상으로 부단히.

. .

그곳에서는 절망 대신
산뜻한 포기를 할 수 있을 것 같아

여행자는 유리문에 적힌 '출입금지' 글자 쪽으로 더 가까이 얼굴을
바짝 대 본다. 바로 아래 '위험'하고 쓰여진 두 글자를 한참 동안 쳐
다보다 씨익 하고 웃는다. 세계의 끝. 그렇다. 그곳은 어쩌면 누군가
가 나 대신 내려 준 선고와도 같은 곳이다. '100퍼센트의 포기'를 가
능하게 해 주는 약속의 땅. 그러니까 이 4호선의 종착지가 당고개 역
인가요? 그렇지만 저는 그다음 역까지 가고 싶어요, 가야 해요, 이런
식으로 떼를 부린들 소용없다. 다른 선택이란 없다. 일단 모두가 열
차에서 내려야 한다.

사람들이 세계의 끝에서 기대한 것은 바로 이 완벽한 선고인지도 모
른다. 크고 가없는 광막함이 먼저 떠오르는 세상 끝의 풍경. 그 풍경
앞에서 한 발짝도 더는 나아갈 수 없다. 인간 의지 밖의 영역인 것이
다. 그러하기에 그곳에서는 절망 대신 산뜻한 포기를 택할 수 있을
것 같다. 그 풍경이 나 대신 완벽한 선고를 내려주듯 하기에. 100퍼센
트 포기인 것이다.

그래서 뭐든 털어 낼 것이 잔뜩 쌓인 숱한 지구인들은 지구 끝을 찾
는다. 지구 반대편 남미의 땅끝 파타고니아로, 유라시아 서쪽 끝 포
르투갈 로까곶으로, 스리랑카 세계의 끝이라 불리는 누와라엘리야로
걸어간다. 스스로 털어내기 불가능했던 미련, 욕심, 미움, 분노, 허망

을 그곳에서는 털어버릴 수 있을 것 같은 기대. 세상 끝의 풍경은 그런 약속의 땅이자 위로의 땅이다.

· ·

풍경은 다만 조그마한 라면집

털어 버릴 것을 많이 간직한 사람들이 자주 걸어가는 세상의 끝. 그래서 남미의 끝 파타고니아에서는 과거를 묻지 않는다고 한다. 예부터 과거를 묻지 않는 땅으로 알려진 그곳이기에 다른 여행지보다 유독 탐험가, 죄수, 창녀, 기둥서방, 동성애자, 배신남녀, 망명자, 명상가, 구도자들이 몰려왔고 그래서 파타고니아는 이들의 피난처이자 보금자리가 되었다.

그런 그곳에 한국인이 운영한다는 조그만 라면집이 있다. 세상 끝을 찾는 많은 여행자들은 이 라면집을 찾는다. 그곳에서는 계란을 풀어넣은 라면과 짜장 라면을 판다. 남극으로 가는 길목이다 보니 세종기지 대원들도, 남극점에 도착한 산악인 박영석 씨도 이곳에 들러 라면을 먹었다고 한다. 무엇보다 남모를 사연을 지닌 숱한 사람들이 세상 끝에서 바로 이 라면을 먹었을 것이다. 털어 버릴 많은 것을 잔뜩 짊어지고 온 숱한 사람들이. 결국 그들이 세상 끝에서 바란 건, 어쩌면 따뜻한 라면 한 그릇이었는지도 모른다. 그저 작고 덤덤한 위로 한 그릇. 결국 세상 끝의 풍경은 잔뜩 짊어지고 온 것을 훌훌 털어 버린 뒤에 먹는 과묵한 라면처럼 과거를 묻지 않는 땅, 위로의 풍경이다.

일상 우주 여행자는 접근 금지 푯말을 뒤로하고 출구로 나선다. 당고개인 듯 보이는 커다란 바위산이 있고 그 아래 조그마한 카페가 눈에 띈다. 출출하지 않은 탓에 라면 대신 커피를 택한 여행자는 노천 테라스에 자리를 잡는다.

그러자 잠시 뒤, 정말 세상 끝에 도달한 듯 기묘한 빛깔의 빨간 캐리어를 끌고 오는 중년남자를 목격한다. 이곳과는 어울리지 않는 와인빛 캐리어를 끌며 대낮에 역에서 이 작은 카페까지 바퀴를 굴리며 당도했다. 무슨 사연일까? 빨간 캐리어 안에는 그가 아끼는, 도저히 버릴 수 없는 무엇들로 채워져 있겠지. 파타고니아는 과거를 묻지 않는다.

나무 계단을 올라 숨을 몰아쉰 채 자리에 앉는 중년 사내. 빨간 캐리어를 곁에 두고 커피 한 잔을 마신다. 장 모렸다면 분명 이 풍경을 노작가의 깊은 시선으로 따뜻하게 담아냈을 텐데. 그리고 그 옆에 이런 표제도 넣었겠지. 당고개 역, 세상 끝의 풍경.

해리포터 호박 주스로 떠나는
연금술 방랑

/ 천애 고아로 시작해 마법사로 이르는 길 /

이런 플랫폼도 있다. 아무 데도 있지 않다는 승강장. 플랫폼 번호
는 9와 3/4번. 9번 플랫폼도, 그렇다고 10번도 아닌 그 사이 어디
쯤이라고 한다. 일상 우주 여행자는 바로 그곳, 킹스 크로스역 9와
3/4번 승강장 앞에 선다. 호그와트행 급행열차를 기다리는 중이
다. 정확히, 열한 시에 출발한다. 머글들(마법을 쓸 수 없는 일반인) 세계에
서는 살 수 없는 티켓을 손에 쥘 수 있었던 것은 결코 우연이 아니
다. 행운은 더더욱 아니다. 아무 데도 있지 않다는 그곳 'Nowhere
노웨어'를 다만 이렇게 읽었기 때문이다. 'Nowhere나우히어.'
No, where가 아닌 Now, here. 아무 데도 있지 않은, 그러나 어디
에도 있는. 호그와트행 급행열차 티켓을 얻는 비밀은 거기에 있다.
작은 쉼표 하나만 이동했을 뿐이다.

열차가 곧 도착할 것이다. 일상 우주 여행자는 제집 부엌에 들어서 호박과 우유, 꿀, 기호에 따라 시나몬 가루를 조용히 꺼낸다. 해리포터와 그의 친구들이 좋아하던 마녀 호박 주스에 필요하다. 호박 주스는 뚱보 두들리네 가족의 온갖 구박을 받으며 계단 밑 벽장에서 자란 해리가 호그와트를 떠올릴 때마다 그리워하던 음식이기도 하다. 무엇보다 호그와트행 기차 안에서 마녀가 밀고 다니는 손수레에 차갑고 시원한 이 주스가 있었다.

9월의 첫날이라면 좋겠다. 9월 1일은 호그와트 마법 학교의 입학식 날이기도 하다. 열한 시에 출발하는 열차를 놓치면 곤란하기에 삼십 분 일찍 서둘러 준비한다. 열 시 삼십 분, 재료들 앞에 섰다. 이 부엌엔 여러 개의 냄비가 걸려 있고 창가엔 각종 유리병, 싱크대

아래엔 마늘과 깨를 빻던 방망이와 거실을 쓸던 빗자루가 놓였다. 우연이라기엔 절묘하다. 호그와트로 가기 전에 해리가 준비한 준비물 역시 큰 냄비와 유리로 된 약병, 요술지팡이였다. 그리고 마법 학교에서 얻게 된 하늘을 나는 님부스 2000은 빗자루다. 냄비와 유리병, 요술지팡이를 닮은 방망이와 빗자루. 모든 것이 이곳, 부엌에 다 있다!

머글의 눈에는 보이지 않는다는 9와 3/4번 승강장. 아무 데도 있지 않은, 그러나 어디에도 있을 수 그곳은 내 집 부엌이다. 노웨어가 아닌 나우히어, 지금 여기.

마녀의 호박 주스와 더불어 벽장 속에 갇혀 지낸 고아들을 위한 샌드위치를 함께 준비한다. 먼저 호박. 호박은 물렁물렁하게 삶아 차갑게 식힌 뒤 크게 잘라 우유, 꿀과 함께 넣고 믹서에 간다. 그리고 둥근 글라스에 담아 위에 시나몬 가루를 뿌려 주면 마녀가 수레에서 팔던 호박 주스가 완성된다.

둥근 호박을 준비하기 곤란하다면 그보다 더 간단히 호박 주스를 맛볼 수도 있다. 1인용 호박죽을 사다 냄비에 넣고 우유, 꿀과 함께 천천히 끓인 다음 냉장고에 넣고 차갑게 식힌다. 보글보글 끓는 냄비를 젓다 보면 검은 망토를 두르고 커다란 주물 냄비를 젓는 마녀가 떠오른다. 아니면 지하 골방에서 수은과 유황을 연구하던 중세의 연금술사든지. 그토록 염원하던 '현자의 돌'을 얻기 위해 애쓰던 그들의 모습이 말이다. 마녀도 연금술사도 그리고 마법사도 그들은 미지의 돌을 찾아 애써 방랑한다. 그들의 부엌에서건 지하골방, 또는 지도에는 없는 어느 나라에서건.

현자의 돌(philosopher's stone). 영국에서와는 달리 미국과 우리나라에서
는 독자들이 '현자의 돌'이란 단어를 어렵게 느낄 수 있다고 이를《마
법의 돌》로 바꿔 출판했다. 그러니까 해리포터와 친구들이 찾아내려
고 애썼던 돌은 중세의 연금술사들이 온갖 물질을 녹이고 끓이고 하
면서 찾아내려던 '현자의 돌'이다. 모든 것을 황금으로 바꿀 수 있다
는 이 돌을 지니면 부와 영생을 얻는다. 그리고 현자의 돌을 원한 또
다른 이가 있었으니 바로 해리포터를 죽이려는 어둠의 마법사 볼드
모트다.

해리포터와 볼드모트. 두 마법사 중 누가 현자의 돌을 얻게 될까? 당
연히 전 연령대를 위한 권선징악이 살아 있는 판타지는 해리포터의
손을 들어준다. 뻔하디뻔한 클리셰적 결말이라 짜증이 난다 해도 어
쩔 수 없다. 도리가 없다. 아무리 뻔하다 혀를 차도 이는, 어떻게 바꿔
볼 수 없는 태곳적 비의이다.

고대에서 중세, 그리고 현대로 넘어오면서까지 지워지지 않는 우주
적 비의를 거스르며 그 돌을 소유할 수는 없다. 현자의 돌이란 다른
어딘가에서 찾아내는 것이 아니다. 날로 얻어 내는 것도 어떤 수단으
로 손에 쥐는 것도 아니라 스스로 만들어내야 하기 때문이다. 조개가
진주를 만들고 용이 여의주를 품듯. 냄비 속에서 온갖 화학 작용을
겪고 부글부글 끓어야 한다. 스스로.

가을의 초입인 오전 한때. 냄비 안에서 보글보글 끓는 황금빛 호박죽

을 내려다보며 이렇게 외쳐도 좋다. "에리스드 스트라 에루 오이트 우베 카푸루 오이트 온 워시(Erised stra eru oyt ube cafru oyt on wohsi)." 해리포터가 도서관 금지 구역에서 발견한 거울 맨 위에 적힌 글귀다. 이 주문은 현자의 돌을 찾기 위한 가장 근원의 언어이며 실마리다. "에리스드 스트라 에루 오이트 우베 카푸루 오이트 온 워시"를 외치며 여행자는 끓고 있는 호박죽을 한 수저 떠 먹어 본다. 분명 끓는 라면을 쳐다보며 대충 빨리 익기만을 바라던 마음과는 다르다. 마치 작은 병아리라도 조심조심 키우고 있는 기분이다. 내 입으로 주문을 쏟은 노란 호박죽은 그냥 호박죽인데 엉뚱한 이 작은 재미로 어떤 염원 같은 것이 깃드는 것 같다.

"에리스드 스트라 에루 오이트 우베 카푸루 오이트 온 워시." 이 글귀를 거꾸로 읽으면 "I show not your face, but your heart's desire." 보여지는 얼굴이 아니라, 진정 원하는 마음을 보여 줍니다라는 뜻.

사실상 고대로부터 이어온 서양의 연금술이나 동양의 지혜는 그 근본 원리가 놀라울 정도로 닮았다.

그러니까 아서왕의 전설에서 오딘, 반지의 제왕에서의 간달프, 해리포터의 덤블도어와 같은 현자이며 마법사인 그들은 우주 법도를 깨우친 동양의 큰 스승들과 판박이다. 서로 다른 시공간에서 각자의 레이스를 따라 각개 플레이로 애썼음에도 빼도 박도 못할 보편원리 같은 영점공간에서 만나는 것이다. 예컨대 영점공간에서는 이런 풍경이 벌어진다. 중국 도교의 팔신선(八神仙) 중 한 명이 전설의 마법사 오딘과 한 공간에서 만나, "안녕, 반가워. 달밤 아래서 같이 술이나 한 잔 하지 아니면 호박 주스라도." 이러는 것이다.

그렇다면 영점공간은 어디일까? 고대의 현자와 신선이 만나 호박 주스를 마실 것 같은 그곳은 어디일까?

· ·

마법사의 인생은 늘 노마드다

그 비밀을 풀기 전에 먼저 샌드위치를 만들어야 한다. 샌드위치의 이름은 '고아들을 위한 샌드위치'다. 부모를 잃고 온갖 구박을 받으며 벽장 속에서 살던 해리가 처음으로 친구 론과 나누어 먹던 비프 샌드위치로. 해리는 도시락 없이 열차를 탔고 친구 론은 엄마가 만들어준 도시락을 연다. 론의 샌드위치를 쳐다보던 해리는 조금 전 수레에서 산 강낭콩 젤리와 개구리 초콜릿과 바꾸어 먹길 원한다.

그렇다. 해리에겐 도시락을 싸줄 엄마가 없다. 왜 모든 신분을 감춘 영웅들은 흔히 부모 없이, 고향 없이, 꼭 떠도는 샌드위치 같은 인생을 하고 있을까? 이동하는 열차나 소풍길에 먹을 수 있는 샌드위치. 길바닥에 앉아 언제든 꺼내 한 끼를 해결하는 샌드위치. 이는 영웅신화에서 보편적으로 나타난다.

무엇보다 빵과 빵 사이, 두 세계 사이에 낀 샌드위치. 머글과 마법사 사이에, 선과 악, 백마법과 흑마법 두 세계 사이에 샌드위치처럼 꼭

낀 모습이다. 바로 이 샌드위치 원리는 연금술의 원리이기도 하다.

일상 우주 여행자는 호박 주스에 이어 고아들을 위한 샌드위치를 만든다. 먼저 한 쪽 면엔 순백의 버터를, 다른 면엔 흑색의 초콜릿 버터를 바른다. 그리고 가운데 끼워 넣을 쇠고기를 뜨거운 프라이팬에 지글지글 굽고 흙이 붙어 있는 양파를 탈탈 털어 씻어 썰어 둔다. 곧이어 식빵 위에 양상추 잎 두어 장을 덮고 구운 쇠고기와 양파를 얹은 뒤 갈색의 비프 소스와 노란 머스터드를 반반 섞어 그 위에 적당히 뿌린다. 어떤 길 위에서도 먹을 수 있는 고아들을 위한 샌드위치다. 게다가 연금술적 샌드위치. 빵과 빵 사이처럼 이 세계와 저 세계에서 샌드위치처럼 꼭 낀 고아 마법사 해리포터를 닮은.

어둠의 마법사 볼드모트는 "칠월의 마지막 달이 기우는 날 어둠의 마왕을 물리칠 힘을 가진 자가 오리라"라는 예언을 듣고 두려움에 휩싸인다. 그래서 7월 31일에 태어난 해리를 눈엣가시 보듯 하며 죽이려 시도하지만 실패하고 만다. 대신 해리의 이마에 번개 모양의 상처를 내는데 이와 동시에 볼드모트의 영혼의 일부가 해리 몸 안으로 들어간다. 악의 영혼 일부를 지닌 불완전한 마법사. 이로써 해리는 고정된 선과 악 사이에서 비교적 자유로울 수 있는 샌드위치형 마법사가 된 것이다. 게다가 이 둘의 마법지팡이는 똑같다. 악의 화신 볼티모어의 지팡이와 해리의 지팡이는 한 쌍으로 만들어진 같은 지팡이다.

고대로부터 이어온 연금술의 핵심은 바로 이 '대립의 일치'에 있다. 그러니까 전설의 오딘, 간달프와 같은 마법사와 우주 법도를 깨우친 동양의 큰 스승들이 만나는 지점 역시 바로 여기다.

대립의 일치.

게다가 이 보편 원리는 여행자가 부엌에서 샌드위치 한 조각을 만들 때에도 어김없이 실행된다. 흙에서 나온 빵, 버터의 수분, 소의 희생을 불에 지글지글 익히고, 바람을 맞고 자란 채소를 올린다. 흙과 물과 불과 바람을 주무르는 여행자. 일상 우주 여행자의 부엌은 어느새 어느 연금술사의 대장간이 된다. 연금술은 바로 이 지(地), 수(水), 화(火), 풍(風)의 4대 원소를 토대로 이루어지는데 다소 난해하게 들리는 이 원리의 기본은 아주 간단하다.

고대 연금술사들에 따르면 그 바탕은 늘 유황과 수은이라고 한다.

그런데 왜 하필 유황과 수은일까. 물론 이 원소 이름은 다만 심볼이고 메타포일 뿐이다. 이 둘은 양과 음을 뜻한다. 뜨겁고 움직이는 성질의 유황(+)과 차갑고 정적인 수은(-)의 성질이 포인트다. 양과 음, 혹은 선과 악, 기쁨과 절망 등 이 둘 사이에 일어나는 팽팽한 대립과 융합을 통해 우주 본질의 마음을 터득하는 것. 이것이 현자의 돌을 얻는 가장 핵심이라고 연금술사들은 긴 역사를 통해 공통으로 말해 왔다.

가만히 보면 이 원리는 아주 익숙하다. 지·수·화·풍의 차갑고 뜨거운 이 원리는 곧 태극의 원리이기도 하다. 동서양의 고대 현자들이 아주 똑같이 말하고 있다. 그래서 서양의 현자의 돌이면서 동방의 여의주이기도 하지.

자, 그럼 이 기본 이론을 익히면 모두가 마법사가 되는가? 물론 여기까지는 이론일 뿐이다. 고대의 현자들은 바로 이 비밀을 숨겨 왔다. 바로 냄비의 비밀을.

· ·

내 몸을 냄비 삼아, 궁극의 금을 향해

여행자는 마녀의 호박 주스를, 고아들을 위한 샌드위치를 만들며 해리를 떠올린다. 벽장 속에 갇혀 구박받던 해리를, 번개 모양의 흉터를 지닌 해리를, 친구들과 지하실 문을 뚫는 해리를, 현자의 돌을 찾은 해리를, 볼드모트를 녹여 없애는 해리를 생각한다. 연금술은 바로 그 속에서 이루어진다. 원소들을 섞던 냄비는 바로 해리 몸이었다. 해리는 온갖 구박과 모험을 통해 지·수·화·풍의 원리를 자기 몸에서 이루어낸다.

연금술사들이 말했던 대립의 일치. 호시탐탐 자신을 죽이려는 볼드모트가 아니었다면 애당초 해리의 모험은 시작되지 않았다. 그랬더라면 당연히 현자의 돌을 만질 기회조차 없었겠지. 이 둘의 팽팽한 대립과 융합을 통해 현자의 돌이 태어난다. 고대의 연금술사들이 숨겨 놓은 심볼은 바로 이 양극의 팽팽한 대립을 통해 궁극의 '하나'에 이르는 길이다.

선과 악, 죄와 양심 사이 이 팽팽한 양극 속에서 무수히 깨지고, 깨지고, 또 깨지며 제련되고 단련되어 어느 곳에도 속하지 않고 무엇에도 영향을 받지 않는 궁극의 도덕률, 다이아몬드를 스스로 만들어 내는 것이다.

일상 우주 여행자는 마녀의 호박 주스와 함께 고아들의 샌드위치를 한 입 문다. 사실 어떤 여행도 마찬가지다. 어디에도 속하지 않는 고아로 시작해 마법사로 이르는 길이다.

걸어서 내 방 순례:
마이크로 유니버스 홈 투어

/ 여덟 걸음의 내 방에서 길을 잃다 /

아마도 가장 먼 거리의 여행이 될 것이다. 준비가 안 된 여행자는 영영 떠나지 못할 수도 있다. 가도가도 끝이 보이지 않는 이 여행은 호러 영화 속에서 길 잃은 주인공들이 흔히 겪는 공포. 아무리 가도 처음 봤던 풍경이 반복되는 패러독스에 빠질 수도 있다. 다름 아닌 집 안 기행이다.

이른바 내 방 순례.

머나 먼 이 여행길은 비교적 난코스다. 그것은 여행자가 작고 하찮은 집안의 보물들을 찾아 낼 역량이 있는지에 달렸고 미세한 사물들을 읽어 낼 '마이크로 풍경 독서력'을 지녔는지와 직접적으로 맞닿기 때문이다.

미국의 유명한 기자이자 저술가 빌 브라이슨은 독특한 역사서를 펴낸다. 그는 내 집 여행을 시도하며 이 방 저 방의 풍경과 사물들의 역사를 되짚어 보는 것이다. 그렇게 돌고 봤더니 화장실은 위생학의 역사가 되고, 부엌은 요리의 역사, 침실은 성과 잠의 역사가 되었다.

그의 여행 코스는 이렇다. 홀 → 부엌 → 식료품실 → 두꺼비집 → 거실……을 거쳐 침실, 화장실, 다락에 이르기까지 제법 방대하다. 그러는 사이 우리는 선사시대부터 고대, 중세를 넘어 근현대의 생활사까지 구경하게 된다. 이 기나긴 여행의 출발은 아주 단순했다. 식당 위에 놓인 소금과 후추 때문이다.

어느 날 브라이슨은 식탁 앞에 앉아 여러 양념 중 유독 소금과 후추가 식탁 위에 남게 되었는지에 대해 열렬히 탐구하기 시작했다. 그러면서 자기 집안 구석구석을 돌아다니며 감춰진 인류의 사생활을 탐험한다. 탐험은 하찮은 것들로부터 시작하여 인류의 문화사와 생활사로 뻗어간다.

작고 하찮은, 쉽게 보아 넘길 것들 사이를 방랑하는 이 여행. 한마디로 이것은 마이크로 유니버스 홈 투어다. 그러니까 이번 여행은 좁을수록 좋다. 특히 다락방이나 좁아터진 자기 방이라면 더욱 좋다. 여행자가 마이크로 풍경 독서력을 갖고 있다면, 오리엔탈 특급열차를 타고 떠나는 여행만큼이나 먼 여행의 조건을 갖춘 것이다. 게다가 이 여행은 시간의 구애를 받지 않는다. 직장인, 학생, 주부 어느 누구라도 아무 때고 큰 방해 없이 가능하다. 어느 시간대고 기차는 출발하니까. 오직 필요한 건 마이크로 풍경 독서력, 그뿐이다.

. .

여덟 걸음의 내 방 순례길

일단 천천히 방의 둘레를 걸어본다. 한 걸음, 두 걸음, 세 걸음……. 침대를 타고 넘어 사방 벽을 따라 걸어보니 여덟 걸음만으로도 충분하다. 방에서 나와 현관, 거실을 한 바퀴 돌고 서재로 옮겨와 내 집을 일주한다. 정확히 일흔다섯 걸음이다.

총 일흔다섯 걸음의 순례길. 내 방을 걸으며 작고 하찮은 흔적들 구석구석까지 풍경 독서를 해 나가는 것. 그것은 '나'라는 거대한 대륙을 탐험하는 길이다. 일종의 순례길이다. 여행자는 작은 보폭으로 여덟 걸음의 내 방 순례길을 떠나기에 앞서 많은 여행자들에게 로망의 장소인 산티아고 순례길을 떠올린다. 과거에도 현재도 세계의 무수한 순례자들이 몰려와 걷고 또 걷는 카미노 데 산티아고. 프랑스 남부에서 시작해 피레네 산맥을 넘어 예수의 열두 제자 중 하나였던 야곱의 무덤이 있는 곳까지 이어지는 팔백 킬로미터 순례길이다. 산티아고는 스페인식으로 바로 이 야곱을 지칭한다. 그의 무덤까지 순례자들은 가리비 껍데기를 봇짐에 매달고 지팡이를 짚으며 걸었다. 천년 세월 동안 말이다.

일상 우주 여행자는 마치 산티아고 순례길을 걷듯 자신의 방 사방을 따라 걷는다. 가장 먼저 눈에 들어온 건 벽에 걸린 액자들. 방문에 들어서면서 오른쪽 벽에 걸린 액자들 속엔 도스토옙스키와 니체 그리고 헤밍웨이 얼굴이 자리 잡고 있다. 그리고 그 가까이에 걸린 갈색

보드판엔 고흐의 마을 아를에서 가져온 엽서 일곱 장, 여행지를 배경 삼아 찍은 독사진 몇 장이 압정 끝에 매달려 붙어 있다.

그러고 나서 커다란 창문을 지난다. 창문을 지나면 갖가지 자료들과 책들이 창고의 유물처럼 쌓인 작은 책장을 만난다. 그 옆으로 가부좌를 튼 대형 시바신 그림과 라오스 루앙프라방의 야시장에서 산 그림 두 점이 걸렸다. 두 개의 그림은 붓다의 얼굴이 반반으로 나뉘어 그려져 있는데 반쪽은 파랗고 나머지 반쪽은 빨간 배경으로 칠해진 수채화다. '또웅반'이라는 작가의 사인이 정성스레 적혔다. 그림들을 지나 라오스의 왓씨앙통 사원이 그려진 두루마리식 그림에 도착한다. 그러고 나면 이 방 벽의 끝, 프린팅된 유화그림 세 점에서 나란히 마침표를 찍는다. 에곤 실레-고흐-모딜리아니 순서로.

내 방 순례길의 루트는 이러하다. 도스토옙스키, 니체, 헤밍웨이 →
고흐의 아를 풍경 → 베란다식 넓은 창문 → 무질서한 미니 책장(러시
아 미술. 김연수. 마르케스 등) → 대형 시바신 그림 → 붓다 초상화 두 점 →
왓시앙통 사원 → 에곤 실레, 고흐, 모딜리아니.

· ·

내 방 여행의 루트는 여행자의 정신의 지도

물론 시작은 우연이다. 평소 좋아하는 철학자나 작가들의 얼굴을 곁
에 두고 자주 보고픈 마음에 무심코 걸어 두었을 뿐이다. 보드판에
붙은 아를의 풍경 역시 첫 여행 중에 산 그림엽서들을 다녀온 즉시
붙여 두었다 아직까지 떼지 않은 것이다. 풍경의 우연들. 그것들은
다만 우연이 아닌 방 주인의 의지다.
여행자는 자신의 방을 한 걸음 걸으며 세월의 흐름이 만들어낸 구체
적인 윤곽과 만난다.
어디를 다녀왔고 무엇을 생각하며 어떤 것을 추구하느냐 등의 다양
한 루트가 여덟 걸음의 벽에 그려진 것이다.
말하자면 이 루트는 여행자의 정신의 지도다. 그리고 바로 그 지도
를 찬찬히 읽어 나가는 것, 그것이 바로 내 방 순례. 그런데 무려 이
백여 년이나 앞서 내 방으로 여행했던 일상 우주 여행자의 선배가 있
다. 프랑스 작가 그자비에 드 메스트르. 그는 1780년 42일 동안 자기

방을 여행한다. 이를 바탕으로 《방에서의 여행》이란 여행기를 출간했다. 사방 벽을 기하학에서 가능한 모든 선의 모양대로 걸어 봤다가 침대로, 의자로, 그림들로 여행을 떠난다. 무려 42일간! 옴짝달싹 안 하고 방 안에서 광활한 자신의 방을 여행했다. 물론 그 시작은 타의였지만.

이백여 년 전 자비에르가 《방에서의 여행》을 쓸 수 있었던 건 42일간의 가택연금 때문이기도 하다. 직업 군인이던 그는 이탈리아 토리노에서 근무할 때 법으로 금지된 결투를 벌인 대가로 감금처벌을 받는다. 이로써 꼼짝없이 갇힌 신세가 된 스물일곱의 청춘은 돌파구로 자신이 갇힌 작은 방을 여행하기로 마음을 고쳐 먹는다.

어떻게 보면 내 방 순례란 사실상 유배의 시간을 갖는 것과도 같다. 자신의 방 여행을 떠나기 전 자비에르는 직업 군인이었다. 그러다 그

42일간의 여행을 마칠 즈음 그는 전혀 다른 사람이 됐다. 군인에서 작가로. 전혀 어울릴 것 같지 않은 이 둘. 그는 자신의 천직을 방 순례를 통해 발견했다. 42일간 자기 방을 따라 돌고 여행하다 군인은 펜을 들었고 침대와 의자에 대해 사유했다.

그리고 그는《방에서의 여행》원고를 완성한다. 그렇게 태어난 이 작품은 이후 도스토옙스키의 심리소설《지하생활자의 수기》에도 큰 영향을 주었다고 한다. 게다가 이 책은 인기까지 좋아 속편까지 썼다. 제목은 맙소사,《밤에 떠나는 내 방 여행》, 그는 다시 한 번 떠났다, 이번엔 밤에.

· ·

내 방 순례길이 삶의 흐름을 바꿔 놓다

여행에 임하던 그의 자세부터 들여다보자. 책 속에는 정중하고 깍듯한 로진이란 인물이 나온다. 언제나 예의 바르던 로진, 그런데 알고 보니 그는 개였다. 그러니까 개와 별과 침대와 식탁보……. 그는 이 작은 존재들에 경외를 표하고 자신의 일상으로 정중하게 초대한다. 바로 이 작은 존재에 대한 발견과 교류야말로 일상 우주 여행자가 지녀야 할 전범임을 자비에르는 말하고 있다. 그것은 작은 것들을 들여다보는 마이크로 풍경 독서력. 이로써 자기 방의 풍경을, 자기 정신의 지도를 읽은 그는 여행을 통해 삶의 흐름마저 바꾼다. 이후 그는

《코카서스의 포로》《젊은 시베리아 처녀》 등의 작품을 꾸준히 쓰는 전업 작가가 됐다. 직업 군인에서 전업 작가로, 삶이 바뀐 것이다.

하여 내 방 순례와 같은 자발적 유배 시간은 조용하지만 강한 혁명 같은 시간이다. 일상 우주 여행자는 어느 오후 가만히 내 방을 돌아본다. 자비에르가 개 로진을 대하듯. 그리고 묻는다. 사물과 풍경들에게 말을 건다.

이 물건은 왜 거기 있는지, 왜 그것이어야만 하는지. 예컨대 나는 왜 투명 유리병 모양의 꽃병을 선택했으며 그것을 왜 하필 책상 곁에 두었는가? 다시 그 꽃병 안엔 국화나 장미를 꽂을 수도 있는데 왜 굳이 아이비 초록 이파리를 꽂았나?

자신의 취향과 습관을 통해 현재의 관심과 의식, 정신의 지도를 읽어내는 것이다. '나'라는 거대한 광야 속을 일부러 헤매며.

자비에르는 직업 군인의 특성을 살려 다소 격한 이런 문장을 남긴다. "하루 중 단 한 시간이라도 혼자 있으면 따분해서 몸이 꼬이고 자신과 대화를 나누기보다 바보들과 떠드는 데 시간을 허비하는 자는 불행할지어다."

일상 우주 여행자가 되어 적어도 두어 달에 하루라도 내 방 순례를 시도해야 하는 이유도 이와 다르지 않다. '나'라는 광야를 헤매며 자기 정신의 지도를 읽기. 그것은 산티아고 순례자들이 한결같이 가리비 껍데기를 달고 다녔던 이유와도 비슷하다.

순례자를 구별해 주는 상징과도 같던 가리비 껍데기. 그런데 왜 하필 가리비 껍데기일까?

순례길이란 본시 자기 안의 진주를 만들어내는 길이다. 차근차근 자기 정신의 지도를 읽어가며 만들어 낸 내 안의 진주.

소리 배낭여행,
네루다의 우편배달부처럼

/ 만물은 소리 배낭여행자 /

어떤 사람은 소리로 편지를 전하고 어떤 이는 소리로 사랑을 찾기도 한다. 그리고 또 어떤 자는 소리로 여행을 한다. 일상 우주 여행자는 이를 소리 배낭여행이라 부르고 싶다. 많은 사람이 의심할 것이다. 대체 이 '소리'라는 당최 보이지도 만져지지도 않는 추상을 두고 어떻게 사랑을 찾고 여행을 한단 말인가. 편지는 그렇다고 치겠지만. 그렇다면 먼저 이 사실부터 짚고 넘어가고 싶다. 내 몸은 통하고 떨리는 원자고 결국 소리다.

우리는 이 사실을 인정할 수밖에 없다. 어제의 얼굴과 오늘의 얼굴이 다르다는 걸. 일주일 전의 손과 오늘의 손이, 한 달 전의 혀와 오늘의 혀가, 그리고 일 년 전의 심장과 오늘이 다르다는 사실. 나는 그저 잠시 모였다 파도처럼 흩어질 뿐이다.

이는 다소 허무하게 들려도 어쨌든 현 과학수준으로서는 팩트이다. 위장의 세포 일부는 두 시간 반 만에 교체되며 피부는 두 주, 피 속의 적혈구는 백이십 일마다 바뀐다. 내가 현재 나라고 생각하는 내 몸의 원자 구십 퍼센트 이상이 일 년 안에 다른 원자로 교체되며 제아무리 딱딱한 뼈라도 십 년이면 환골탈태한다. 그렇게 내 몸에서 빠져나간 원자는 가족이나 친구, 혹은 지하철에서 스쳤던 전혀 엉뚱한 사람의 몸으로 갈 수도 있다. 또 반대로 허공에 떠돌던 과거 아인슈타인, 베토벤, 니체 몸속에 있던 원자가 긴 여행을 마치고 잠시 내 몸에서 쉴 수도 있다. 그러니 모르는 일이다. 내 몸에 위대한 누군가의 흔적이 있을지.

그렇다면 나라고 말할 수 있는 것은 무엇일까? 딱딱한 이 내 몸이 하루에도 몇 번씩 왔다가 사라지는 파도 거품이라면 나는 누구이며 짖고 있는 저 개는 무엇일까? 다만 분명한 건, 우린 모두 여행자라는 사실.

· ·

존재를 알리는 진동벨로 이루어진 음악

왔다가 사라져도 원자들의 여행기록은 남는다. 한마디로 여행 루트가 남는다는 것. 릴레이 마라톤처럼 원자요소들의 떨림과 진동이 다음 세포주자에게 바통을 건네주는 식이다. 그렇다면 릴레이식 원자들의 떨림과 진동을 이어 본다면 그 자체로 연주가 되고 음악이 되지

않을까. 그러니 태초부터 존재는 매 찰나 움직이며 이동하는 여행자
인 동시에 각자의 진동으로 음악을 만들어온 하나의 교향곡인지 모
른다. 그 연주가 슈게이징류의 굉음이 됐든 존케이지류의 침묵이든
간에 우리 모두는 원자들의 여행 루트며 음악이다.

그렇다면 나의 하루는 어떤 음악일까? 내 하루의 소리들은 어쩌면
실제 보고 만질 수 있는 거울 속 나보다 더 솔직한 맵, 지도일지 모른
다. 일상 우주 여행자는 이른 아침 눈을 뜨자마자 소니의 검고 투박
한 보이스 레코더를 누른다. 디자인보다 실용성을 우선으로 둔 탓인
지 음질 하나는 정말 생생하다. 옆사람이 훌쩍이는 콧물소리가 지하
철 도착소리만큼 잘 들린다.

침대에서 눈 뜨자마자 빨간 점이 박힌 레코딩 버튼을 누른다. 여행자
가 사는 부천의 아침에는 새소리가 들린다. 건물 바로 뒤에 놓인 커

다란 나무는 새들의 교미장소로 익히 소문이 난 터라 특히 이월의 아침이 절정을 이루고 부화 시기인 사오월에도 멈추지 않는다. 열심히 먹이를 나르는 어미들의 소리로 제법 떠들썩한데, 어떨 땐 어미도 피곤한 탓인지 목소리에 다소 짜증이 배인 듯 들리기도 한다. 하지만 뭐, 눈뜨자 만나는 소리로서는 그리 나쁘지 않다. 어쨌든 새소리는 새소리니까.

여행자는 곧바로 부엌으로 걸어가 은색 주전자에 물을 담는다. 촤촤촤 주르륵. 소리는 또 어찌나 크고 거대한지 웬만한 폭포 소리에도 뒤지지 않는다. 덜 깬 잠이 완전히 꼬리를 감출 정도. 그리고 아침 소리 중 여행자가 가장 좋아하는 소리는 토스터기에서 식빵 튀어나오는 소리다. 갓 구워진 식빵이 흡족한 듯 텅하고 튀어나올 즈음 자몽 주스 따르는 소리가 이어진다. 그 즈음 스톱, 레코더의 초록 버튼을 누른다.

여행자의 1악장(알레그로 콘 브리오)

자지러질듯 까칠한 어미새의 울음소리 →
은색 주전자에 물 담는 폭포수 소리 →
곧이어 폭풍 외침으로 바뀌는 주전자 끓는 소리 →
토스터기에서 울리는 청명한 알림 소리와 잼 뚜껑 여는 소리 →
냉장고 문 여닫는 소리에 이어 자몽 주스 따르는 소리

(이쯤에서는 꼭 위층에서 물 내리는 소리가 포함됨)

가만히 듣고 있자면 그림이나 영화보다 생생하다. 여행자는 잠시 이런 생각이 스친다. 이 아침을 누군가에게 편지로 보내면 어떨까 하고? 그러자 동시에 떠오르는 남미 소설.

작은 어촌 마을을 배경으로 그려진 《네루다의 우편배달부》다. 자전거 한 대로 국민 시인 네루다에게 온 편지만을 전담하던 시골 우체부 마리오. 훗날 파리로 떠난 네루다에게 그는 특별한 선물을 보낸다. 네루다가 사랑했던 마을의 소리들을 녹음한 편지를 보낸다. 그 편지 속엔 갈매기가 정어리를 낚아채는 소리, 3미터짜리 파도가 해변에 내리꽂히는 소리, 하릴없는 개들이 짖어대는 소리, 별들의 운행소리와 자기 아들이 뱃속에서 나와 터트린 첫 울음소리까지 들어 있었다. 그렇다. 그 소리는 바로 네루다가 그토록 그리워하던 어촌마을 이슬라 네그라이며 무엇보다 그가 아끼던 우체부 마리오의 삶이자 그의 분신이기도 하다. 자신을 시인으로 만들어 주었던 파도와 별들의 운행, 그리고 아들의 첫울음소리. 이 소리의 여행은 바로 그 자신이다. 그러니 '소리'라는 글자 대신 자기 이름으로 바꾸어 부른다 해도 크게 달라질 게 없다. 그날의 마리오를 마리오라 말할 수 있는 것. 그것은 3미터짜리 파도소리이고 자기 아들 파블로 네프탈리의 첫울음소리인 것이다. 그러기에 바친다. 마리오의 표현대로라면 평생 우표를 붙이는 데만 쓸 줄만 알았던 혀를 시를 짓는 데 사용할 수 있게 해 준 벗 네루다에게 자신의 이 소리들을.

여행자의 아침이든, 마리오의 섬소리든, 결국 이 소리의 여행은 존재의 작은 증명 놀이인 셈이다. 소리가 지닌 날것의 솔직함. 옷이란 걸

입을 줄 모르는 소리는 너무나 솔직해서 어떤 이들은 바로 이 소리를
힌트로 사랑을 찾기도 한다.

• •

소리로 사랑을 찾다

집을 나선 여행자는 쇼핑몰 지하에 있는 식당 코너를 찾는다. 한식,
일식, 중식의 다양한 메뉴들이 모여 있는 그곳은 식판 부딪치는 소
리, 주문 알리는 소리와 의자를 밀고 배식대 앞으로 걸어가는 발자국
소리, 사람들의 대화 소리, 설거지하는 소리와 테이블을 정리하는 소
리로 가득하다. 소리로 보자면 호황 맞은 제철소마냥 활기로 넘친달
까. 그리고 여행자는 그 속에서 이런 생각을 해 본다.

소리들을 모아 보면 어느 장소인지 알 수도 있겠구나 하는 생각이 든
다. 누군가는 여행자의 소리 배낭 여행 루트를 통해 여행자를 찾아낼
수도 있겠구나 하는 생각도 든다. 소리 속에는 몇 가지 힌트들이 있
다. 가령 식판과 수저 부딪히는 요란한 소리가 들린다면 뻥 뚫린 공
간의 식당이라는 것을 짐작할 수 있다. 동시에 주문 알림 소리와 누
군가 의자를 박차고 일어나는 소리가 여러 번인 걸로 보아 셀프 식당
이다. 이 소리들을 녹음한 편지를 읽은 누군가는 여행자가 있는 곳을
대충 그려볼 수 있을 것이다. 바로 이러한 것을 촘촘히 그려낸 영화
가 있다. 폴란드 감독 크쥐시토프 키에슬로프스키의 〈베로니카의 이

중생활〉이다.

여행자가 다섯 번은 족히 봤을 이 영화는 폴란드에 사는 베로니카와 프랑스에 사는 베로니끄라는 같은 얼굴의 두 여주인공을 묘하게 교차해서 그려냈다. 베로니끄는 익명으로 온 소포 하나를 받는다. 그 즈음 인형극을 하는 한 남자에게 깊게 끌리고 있던 베로니끄는 순전히 직감으로 소포를 보낸 주인공이 그일 것이라고 예감한다.

소포엔 녹음 테이프 하나가 들어 있었다. 그녀는 헤드폰을 낀 채로 양치질을 하면서도 침대에 누워서도 그 소리를 듣는다. 기차가 들어오는 소리, 그 기차의 목적지를 알리는 소리, 그리고 여자 웨이트리스가 주문을 받는 소리, 커피 잔을 내오는 소리, 창문 밖으로 들려오는 폭발음 소리…….

여자는 과연 이 소리로 그곳의 위치를 알아낼 수 있을까?

일상 우주 여행자는 쇼핑몰 지하 식당을 나와 지하철역에 닿는다. 맨 앞줄에 서서 기다리는데 옆에서 한 여자가 감기에 걸렸는지 내내 코를 훌쩍인다. 또각또각 구둣발을 찍으며 걸어오는 또 다른 여자의 소리와 멀찍이 떨어져 벤치에 앉은 남녀의 대화소리도 고스란히 레코더에 담긴다. 곧이어 경쾌한 멜로디와 함께 "지금 소요산, 소요산행 열차가 들어오고 있습니다." 그러고는 열차 도착하는 소리가 들리고 다시 취, 드르륵 문이 닫힌다. 그리고 열차 안. 옆에서 다정하게 속삭이는 연인과 앞에서 퉁명스레 통화하는 다른 이의 목소리와 함께 구구구 기차가 굴러간다. 그리고 잠시 뒤 다음 목적지를 알리는 기계음 소리.

여기서 영화 속 베로니끄라면 방금 전 여행자가 머물던 쇼핑몰의 지

하 식당을 알아낼 수 있으리라. 지하철 기계음을 통해 정거장의 위치를 알고 역 주변의 대형 지하 쇼핑몰 식당을 찾아내는 건 크게 어렵지 않다. 무엇보다 베로니끄는 눈에 보이는 것보다 '소리'가 말하는 직감을 믿었다.

영화 속 베로니끄는 기차의 목적지를 듣고 그 기차가 다니는 역으로 걸어갔으며 그곳에서 창밖의 소음이 들리는 곳에 위치한 카페를 찾았다. 그리고 녹음 테이프에서 듣던 목소리로 주문을 받는 웨이트리스를 만난다. 테이프 속의 그 장소인 것이다. 물론 곧이어 그곳에 앉아 있는 손님들 중 자신이 찾았던 그 남자, 인형극을 하는 동화 작가를 만나게 된다.

흔히 운명의 소리라는 통속적 표현을 많이들 쓰곤 하지만 베로니끄는 정말 '소리'로 자신의 운명을 찾았다. 볼 수도 만질 수도 없지만 결코 속일 수 없는 소리로.

모든 소리들엔 에누리가 없다. 그것은 가면 없는 기억이다. 말하자면
자연의 또 다른 얼굴.

여행자의 2악장(안단테 콘 모토)

제철소만큼 활기찬 지하 쇼핑몰의 식사 소리 →
소요산행 열차 기다리는 소리와 달리는 열차 칸 대화 소리 →
다음 목적지를 알리는 기계음,
그리고 여행자의 헛기침 소리.

· ·

만물은 소리 배낭여행자

여행자는 그날 오후 집에 돌아와 차분히 자신의 제1악장과 제2악장
을 검토해 본다. 눈을 뜨자마자 무엇을 들었고 또 무엇을 보았고, 무
엇을 먹었고 그곳은 어디며 그래서 그날은 무엇인가로 이어지는 증
표들을 확인한다. 소리는 그날의 가면 없는 증표다. 그러던 중 언제
나 그 시각이면 들리는 앞집 청년의 노랫소리가 오늘도 변함없이 들

린다. 그래서 다시 녹음.

오디션에라도 나가려는 건지 이틀에 한 번꼴로 정확히 오후 여섯 시경에 노래한다. 2년 전 이 시각에 그는 삑삑거리는 리코더로 한결같이 〈메기의 추억〉을 연주했다. "옛날의 금잔디 동산에~" 하루도 빠짐없이 불렀다. 그리고 일 년 뒤 서툴기로는 리코더와 맞먹는 피아노 소리로 옮겨가더니 이번엔 생목소리다. 솔직해 말하자면 리코더와 피아노와 노랫소리 모두 공통적으로 서툴렀다. 그러나 꾸준했다. 특히 "단. 한. 번. 만. 이. 라. 도~" 하고 지르는 절정의 고음은 숱하게 들려왔지만 안타깝게도 성공한 목소리를 단 한 번도 들은 적이 없다. 하지만 리코더 → 피아노 → 보컬로 이어지는 성실한 이 소리.

바로 그 소리들의 여행 루트, 그것은 바로 그 자신이었다. 그 사람인 것이다.

여행자는 컴팩 노트북을 켜고 오늘의 이 소리들을 받아 적기 시작했다. 탁탁, 토닥토닥. 두툼한 크런치 초콜릿이 터지듯 기분 좋게 자판이 굴러간다.

여행자의 3악장(알레그로)

앞집 청년의 미완성의 노랫소리 →
서툴기로는 마찬가지인 여행자의 자판소리 아주 많이.
그리고 나서 탁탁 엔터 두 번. 끝.

여행자의 소리 배낭여행은 가볍게 끝났다. 누군가는 인왕산 바람소리를 담을 것이고 또 다른 누구는 엄마의 잔소리나 아이의 코 고는 소리를 담을 것이다. 사람들의 발걸음 소리나 자동차 지나가는 소리, 스타카토처럼 선명한 야구 연습장의 알루미늄 배트 소리, 한밤중에 끓이는 청국장 소리가 될 수도 있겠지.

"세상 만물은 원자다"라고 선언한 물리학자 파인만 이후로 우리는 작고 섬세한 여행에 대해 보다 쉽게 다가간다. 세상이 원자로 되어 있다는 사실은 아메바도 바퀴벌레도 내 몸도 더 이상 쪼갤 수 없는 단위에서는 모두 같은 기본 물질로 이루어져 있음을 의미한다.
우리 몸의 원자는 바퀴벌레나 쥐의 일부였을 수도 있고 태양이나 달의 일부였을 수도 있다. 모든 형체는 하루가 다르게 왔다가 사라진다. 조용히 왔다가는 '반드시' 사라지는 법이다. 그러나 형체는 사라져도 그들이 왔다간 사실만은 변하지 않는다.
그리고 그 여행 루트를 이어 모으면 한 편의 교향곡이 완성된다.

그게 바로 그 사람이다.
만물은 소리 배낭여행자다.

보르헤스식 헌책방 탐험,
우주도서관 여행

/ 존재의 빛을 찾아 떠나는 여행자를 키우는 헌책방 /

일상 우주 여행자는 비오는 일요일 오후, 근처 헌책방을 찾는다. 비오는 토요일도, 맑은 금요일이나 비 갠 목요일도 상관없지만 굳이 그날인 것은 수잔 에르츠가 한 말 때문이다.

"비오는 일요일 오후에 무엇을 해야 할지 모르는 수백만의 사람들이 불멸을 동경한다."

비오는 주말 집안에서 텔레비전 리모컨을 만지작거리는 일 이외에 딱히 무엇을 할지 떠오르지 않는 텔레비전 디너 시대의 사람들. 그 속에서 가족들에게 둘러싸였어도 외롭고 고독한 마음의 소년소녀, 엄마아빠라면 더욱 그렇다. 바로 이 사람들을 위해 헌책방에 진열된

책들은 매무새를 가다듬으며 기다린다. 이제 곧 자기에게로 올 잠재적 여행자들을 위해.

특히 영원을 노래하는 책일수록 열망은 깊고 강하다. 그 책이 헤라클레이토스의 천 년 주기에 대한 것이든, 페르시아 역사가 담긴《열왕기》든 중국의《예기》가 되었든. 세월의 먼지를 솜이불처럼 덮고 자신에게 올 손길을 기다리는 것이다. 간절히.

보르헤스식 도서관론에 따르면 이 무한의 헌책방은 새로운 주인과 더불어 새 우주가 펼쳐진다. 헌책방은 하나의 우주고 그 안에 들어선 사람과 더불어, 무엇보다 한 권의 책을 여는 순간 또 다른 우주가 생성된다.

고서의 향기가 더 짙게 배어나는 비오는 오후, 일상 우주 여행자는 보르헤스식 도서관 여행을 감행한다. 컴퓨터도 텔레비전도 끄고 사뿐한 발걸음으로.

인천행 지하철에 올라 이제는 세를 놓거나 문 닫은 가게들이 즐비한 배다리 헌책방 골목에 도착한다. 언제 역사의 뒤안길로 사라질지 모르는 골목. 그곳에서 마치 수태고지를 기다리는 마리아처럼 묵묵히 선 서점. 아벨 서점에 들어간다.

40년간 그곳을 지킨 주인장이 보인다. 그리고 그 옆으로 보르헤스식으로 보자면 영원을 밝히는 무수한 암호들이 봉인된 채 끝없는 여행을 하고 있다. 기다란 기찻길처럼 뻗은 책장들 사이 거미줄처럼 서로 얽힌 채. 아프리카의 성문화와 예술관, 이집트 토드신과 연금술사의 이야기, 페르시아 양피지를 둘러싼 추리 문학에 이어 키플링의 모험,

하이네의 사랑, 수천 가지 하이틴 로맨스들……. 이들은 시작도 끝도 없는 거미줄처럼 엉켜 사방 벽을 둘러싸고 있다.

여행자는 봉인된 길을 따라 걸어본다. 책을 좋아하는 사람들이 응당 그렇듯 봉인된 책들이 만들어 놓은 길을 걷는 것 자체만으로도 묘한 두근거림이 있다. 서점의 새 책들과는 달리 숱한 개인사와 추억을 품고 있을 헌책들. 이는 마치 사연 있는 여주인공이 세상 초월한 눈빛을 하고 담뱃불을 붙이는 여유와 닮았달까. 서점의 새 책이 이제 막 개봉될 블록버스터의 발랄함을 지니고 있다면, 헌책방의 옛 책들에서는 누벨바그 영화 특유의 검고 지적인 느낌이 난다.

여행자는 헌책의 냄새를 맡으며 그중 한 통로, 피타고라스를 지나 파스칼과 몽테뉴를 거쳐 니체와 화이트헤드에 이르는 철학의 통로를 거닐어 본다. 그러다 그 통로 끝에서 낡은 운동화 한 쌍을 발견한다. 철학 통로의 끝.

말하자면 헌책방 구석에서 죽음을 사유한 책들만 골라 가만히 펼쳐 보는 누군가의 것이다. 철학의 통로 끝에서 낡은 운동화를 신은 발을 딛고 오랫동안 선 자의 뒷모습. 그런 뒷모습에서는 본능적으로 영원의 냄새를 맡는다. 주변 어떤 움직임에도 아랑곳없이 헌책들이 이루어 놓은 세계를 하나씩 핥듯 여행하는 청년. 아마도 주변의 헌책들 역시 오랜 기간 이 운명의 애인을 기다려왔을 것이다. 자신의 봉인된 암호를 풀어 줄 누군가를.

. .

존재의 빛을 찾아 떠나는 여행자를 키우는 헌책방

영원의 냄새가 나는 헌책방 미로 끝에 선 뒷모습. 그 모습은 지금 눈 앞에 있는 체크무늬 셔츠의 청년일 수도, 안락한 거실에서 아무 기쁨 도 찾을 수 없던 고독한 소년일 수도, 남부럽지 않은 성공과 문제없 는 가족을 둔 아버지일 수도, 오십 평 아파트에서 날씬한 몸매를 유 지하며 문화 센터에 다니는 어머니일 수도 있다.

헌책방의 책들은 바로 그와 같은 안전 속에 살던 예비 여행자들, 그 들을 애인처럼 기다려 왔다. 특히 비오는 일요일 오후 헌책방을 여 행하는 사람이라면 더욱 기다려 왔다. 그곳은 바싹 마른 무지갯빛 세상에 대한 의심에서 출발한 작가들이 옹기종기 모여 존재의 씨앗 을 뿌려둔 곳이다. 무지갯빛 세상에 관한 의혹. 그 냄새를 기억하는 아이는 거의 대부분 헌책들의 애인이 될 숙명을 떠안게 된다. 그리 고 틈만 나면 눅눅한 고서의 향기를 지닌 미로를 탐험하는 날들을 이어간다.

그러다, 다른 날과 별반 차이가 없어 보이지만 완전히 달라진 어느 날을 목격한다. 바로 어느 작가가 숨겨둔 영원의 그림자 하나를 목격 한 것이다. 그 순간 마법이 시작된다. 더는 교과서에서 새어 나오는 빛을 믿지 않고 존재의 빛을 찾아, 실재의 빛을 찾아 여행을 떠나는 것이다.

헌책방의 미로를 여행한다는 것은 바로 이 교과서에서 나오는 빛에서 벗어나 자기만의 독특한 빛, 존재의 빛을 찾아가려는 놀이이다. 그래서 미국의 문학비평가 해럴드 블룸의 확신에 찬 이 말은 조금쯤 위로가 된다. "고독한 아이들과 최고의 양서들 사이에 여전히 마법적인 관계가 유지되고 있다고 믿는 것은 하나의 환상일지 모른다. 그러나 그들의 관계는 아주 오래된 것이기에 그렇게 쉽게 파괴되지는 않을 것이다."

그렇다. 고독한 아이들과 양서들 간의 애인관계. 이 관계는 매우 오래되어 그리 쉽게 파계되지 않을 것이라는 위로. 텔레비전 디너 시대, 사이버 런치, 스마트 블랙퍼스트 시대라 한들 말이다.

미로와 같은 도서관 탐험. 낡은 운동화에 무릎 나온 청바지, 체크 셔츠의 청년이 서성이던 철학자들의 칸을 지나 주인 곽현숙씨에게 다가간다.

자신이 소유하던 700권의 책에서 출발해 40년간 이 우주를 키워낸 인물이다. 여행자는 스페인 작가 페르난도 산체스 드라고와 지중해의 신비로운 할아버지 다스칼로스, 그리고 십우도와 예언자를 해석한 오쇼의 책과 지브란의 책 몇 권을 골랐다. 아벨서점의 주인은 그 책을 자식처럼 소중히 만지고 나더니 봉투에 넣으며 몇 마디를 건넨다. 그 사람이 고른 책들을 통해 그 사람의 우주를 엿본 것이다.

"아 이런 책들……그러니까 뭐랄까 한 오십이 되니까 세상이 조금 보이더라구요."

"네?"

"오십이 넘으니 그제야 조금 보이더라구요."

"아, 네……."

아직 오십을 모르는 여행자는 다만 고개를 끄덕인다.

그러자 주인은 뜬금없이 한마디를 더 덧붙인다.

"남들처럼 똑같이 살 필요 있나요."

무한의 우주를 지키는 주인장은 여행자에게 그 말을 왜 그렇게 불쑥

던진 걸까? 세계엔 다양한 사람들이 존재하듯 무한의 우주엔 우리가

알 수 없는 수만큼의 우주가 존재한다. 그리고 알 수 없는 수만큼의

나도 존재한다. 보르헤스는 바로 그 다중 우주적 법칙을 무한의 도서관 속에 숨겨 둔 것이다. 무한히 계속되는 육각형 진열실을 통해서 말이다.

그는 말한다. 무한수의 육각형 진열실들로 구성된 우주(도서관이라 부르는)가 있다. 그리고 그 무한의 도서관 안에서 A라는 책을 찾기 위해 먼저 A의 장소가 적힌 B라는 책을 참조한다. B라는 책을 찾기 위해 먼저 C라는 책을 참조한다. 그렇게 영원의 모험이 이어진다. 그리고 우주의 어느 깊숙한 책장엔 이 총체를 담고 있는 만물의 책이 있고 설사 몇 천 년이 걸릴지언정 누군가 그것을 읽어본 사람이 있기를 그는 기도했다.

그렇다면 왜 육각형일까?

사각형도 오각형도 아니고 왜 육각형이어야만 할까? 보르헤스는 유대의 신비철학인 《카발라》를 깊이 신뢰했다. 유대인들 사이에서 전수된 비밀의 가르침을 기록한 《카발라》 경전을 보면 "신은 우주의 경계를 세 개의 문자와 공간의 여섯 방향(동, 서, 남, 북, 위, 아래)을 봉인하여 만들었다"는 구절이 나온다. 바로 이 문자와 여섯 방향의 우주는 육각형으로 상징되는 도서관과 다름없으리라고 보르헤스는 상상했던 것이다.

그리고 그것은 분명 공간의 무한성만을 이야기한 것은 아닐 것이다. 예컨대 헌책방 구석 철학 칸을 오래도록 지키던 낡은 운동화 한 켤레, 얼굴에 검버섯이 자라는 나이임에도 무엇이든 시작해 보겠다고 코바늘의 기초를 찾는 어느 할머니의 열정을 기억해 낸다. 그리고 숱한 날들을 그곳에서 보내며 자신의 반쪽을 찾아 내려는 주인 없는 책들의 마음을 생각한다.

여행자는 그 풍경을 쳐다본다. 낡은 화이트헤드 문고본을 펼쳐든 청년과 코바늘의 기초를 받아 든 할머니의 얼굴을. 우주는 그 순간 확장된다.

이는 다만 보르헤스식의 터무니없는 상상만이 아니다. 철저히 현대 물리학의 계보를 잇는다. 세계는 이미 3차원의 공간에 시간이 더해진 4차원만이 아니며 보이지 않지만 분명이 존재하는 10차원(혹은 11차원)으로 이루어져 있다는 건 보편 상식이 됐다. 그런데 우리가 흔히 목격하고 인식하는 4차원 외에 보이지 않는 여분의 6차원은 바로 미시적 세계 안에 돌돌 말려 있다고 과학자들은 추측한다. 보이지 않은 여분의 차원이 만일 의식의 세계와 연관된 무엇이라면 육각형의 도서관은 바로 6차원을 의미하는지도 모른다.

무엇보다 미시적 소립자들의 세계인 양자우주 안에서는 내가 여기 있을 수도 동시에 저기에 있을 수도 있다. 내 몸과 물질을 구성하고 있는 소립자들은 관찰하는 순간 이곳에 있다가 갑자기 저기에 있다가 한다. 공처럼 이곳저곳을 튀어다니며 존재하는 것이다. 그렇게 본다면 우주 자체가 여기에 있을 수도 저기 너머에 또 있을 수도 있다. 당신 역시 여기에 있을 수도 저기에 있을 수도 있다. 그러니 믿어라. 아벨 서점의 주인장의 마지막 말처럼 "남들과 다 똑같이 살 필요가 있나요."

무한개의 우주에서 무한만큼의 내가 존재한다면 똑같이 복제된 삶보다 다양한 경우의 수를 겪는 편이 분명히 더 깊고 황홀한 우주를 생성할 수 있을 테니. 여기서 완벽히 실패했더라도 저기서 그러리라는 법은 없다.

그러니 영화 〈은하수를 여행하는 히치하이커를 위한 안내서〉에서 슬하게 던졌던 이 말을 기억해 본다. 이제 막 우주를 여행하려는 히치하이커들에게 당부하는 말이다.

"쫄지 마!(Don't Panic!)"

그러니까 비오는 일요일 오후에 무엇을 해야 할지 모르는 수백만의 사람들이 불멸을 동경하던 수잔 에르츠의 이 화두. 이 말은 보르헤스식 무한의 헌책방에서 이미 실현되고 있었다.

말하자면 일요일 오후 홀로된 아이가 곰팡이 냄새 나는 헌책방에 들어와 아서왕을 만나는 순간, 이미 그 일은 진행되고 있다. 아이는 모든 힘을 총동원하여 자기를 훈련시키고 있는 것이다. 현대 물리학에서의 감춰진 초공간, 돌돌 말려 존재하는 6차원의 문은 헌책방 구석에 숨겨졌는지 모른다. 그리고 고독한 한 아이가 운명의 그 책을 손에 쥐는 순간, 그 문은 조심스럽게 열린다. 이 고독한 아이를 위한 무한 여행을 두고 토마스 새비지의 말처럼 적절한 표현을 없을 것이다.

"우주 대변동이라 한들 어린아이가 헛간 한구석에 죽어 있는 참새
의 주검을 바라보며 생각에 잠겨 있는 광경만큼이나 감동스럽지
는 못하다."

그것은 분명 피자를 시켜 놓고 레고 놀이에 빠져 있는 풍경보다 향기
롭다. 보르헤스식 헌책방 여행은 바로 그 6차원의 감각을 깨운다.

랭보는 시인은 만들어지는 것이라 말한다.

여행자 역시 마찬가지다.

일상을 바라보는 깨어 있는 시선이 여행자를 만든다.

03 창조 여행

여행자로 다시 태어나다

"시인이 되기를 원하는 사람이 가장 먼저 해야 할 일은 우선
자기 자신을 완전히 깨닫는 일입니다. 시련을 가하고 가르쳐 갑니다.
자신의 영혼을 알고 나서는, 곧 그것을 가꾸어가야 한다는 것이지요."

- 아르튀르 랭보.

랭보는 시인은 만들어지는 것이라 말한다.
여행자 역시 마찬가지다.
일상을 바라보는 깨어 있는 시선이 여행자를 만든다.

한 잔의 차이로 여는 인도의 아침,
혹은 우주 엑스터시

/ 차이의 아침은 창조의 아침이다 /

여행자의 아침은 대부분 한 잔의 차로 시작한다. 이탈리아에서는 여행자뿐 아니라 거의 모든 주민들이 동네 어귀에 있는 스탠딩 스낵바를 찾아 '원 카페'를 외친다. 인도에서는 아침에 차이를 마시지 않으면 어떤 일도 시작하지 않는다. 그리고 프랑스에서는 흔히 프렌치 프레스로 내린 가정식 커피와 크루아상으로 아침을 연다. 검거나 붉거나 혹은 투명한 이 50밀리리터 액체 한 잔과 달그락거리는 티스푼 소리로 세계의 아침이 시작하는 것이다.

그러나 세상의 모든 여행자의 아침은
'오늘' 아침이기도 하다.

• •

진짜 여행은 집에 도착하고부터

10년 전 아침은 달랐다. 5분이 채 아쉬운 아침 시각. 허겁지겁 일어나 씻고 출근하기 바빴다. 티타임은 무슨, 차라리 침대 안에서의 달디단 30초짜리 쪽잠을 택했다. 그땐 아침 공기를 마시는 법을 몰랐고 눈 뜨자마자 드는 생각은 오직 '씻고 나가자'였기 때문이다. 무엇보다 한 잔의 차는 너무 멀었다.

그즈음해서 두 달간 첫 배낭여행을 떠났고 이후로 주기적 발작처럼 몇 번의 여행이 더 이어졌으되, 진짜 여행은 다녀온 직후부터였다. 내 집에 도착하고 나서 비로소 진짜 여행이 시작된 것이다. 여행을 함과 동시에 여행을 배워온 것이다.

미술관에서 그림을 보듯 풍광을 감상하는 법, 골목과 거리, 창문, 가로등, 사람, 비둘기, 빨래, 휴지통, 이 모두에서 아름다움을 읽는 법. 한 잔의 차, 공기의 흐름, 주변의 소리, 냄새, 이 모두를 통해 일상을 유희하는 법. 그러니까 한마디로 주변 세계와의 유흥법을 배워온 것이다. 그것은 매우 작지만 아주 분명한 혁명이었다.

아무것도 변하지 않은 동시에 모든 것이 변해 있었다.
매일 공기로 지은 옷을 입기 시작한 것이다. 아침에 일어나면 세계의 공기를 느낀다.

여행지 창조의 기본 수칙

1. 바로 미시의 눈을 회복하는 것이다. 보이지 않는다는 이유로 그 존재감이 잊혀진 세계의 공기들 중 유독 내 방에 들어선 산소와 탄소, 먼지, 향기, 바람을 쭈욱 훑어보며 존재를 나눈다.

2. 미시의 눈을 놀이의 방식으로 끌어들인다. 그날의 기분에 따라 결정된 음악으로 방과 거실, 현관을 깨우고 무엇보다 찻물, 찻물을 올린다.

3. 미시의 눈과 세상 유흥법을 손에서 놓지 않는 것이 마지막 수칙이다. 공사다망한 일들 속에서도 이 열락은 꾸준히 이어나가는 것이 중요하다. 차라리 30분 잠을 줄여서라도 아침공기로 지은 옷은 반드시 입어야 한다. 옷을 벗은 채 알몸으로 외출할 수 없듯 이 옷에 익숙해지면 30분 쪽잠을 버리는 정도는 무리가 아니다. 매일 아침 공기로 지은 옷을 입고 한 잔의 차를 끓이고 완성하는 행위는 일종의 작은 우주를 짓는 일이기에. 이 열락은 외출 전 휴대폰을 챙기는 것만큼이나 중하다.

일상 우주 여행자는 어느 아침 바라나시 골목 귀퉁이로 떠난다. 매일 아침 갠지스 강물에서 몸을 담그는 사두의 수행처럼 여행자는 15분간 차이를 끓이고 3분간 찻잔에 걸러 15분을 마시면서 산스크리트어로 된 만트라를 들었다. 33분 동안의 영원을 마셨다.

한 잔의 차이 여행을 떠나는 데 있어 완벽한 구색이 필요한 건 아닐까 하고 필요 이상으로 신경쓸 필요는 없다. 물과 냄비, 홍차와 우유, 그리고 계피 등의 향신료만으로 충분하다. 냄비는 물 주입구가 새의 부리처럼 뾰족하게 나와 따르기 쉬운 밀크 팬이면 아주 유용하겠지만 작고 평범한 조리용 냄비도 나쁘지 않다. 가스 불을 켜기 전에 크리슈나 신을 향한 조지 해리슨의 고백이 담긴 〈마이 스위트 로드〉(my sweet lord)를 깔아 주면 끓는 도중에도 좀처럼 지루한 줄 모를 것이다. 말년의 조지 해리슨은 인도로 넘어가 힌두신 크리슈나와 함께 사랑의 노래에 전념한다. 이 노래는 수염을 잔뜩 기른 조지 해리슨이 나지막이 하레 크리슈나를 외치며 시작한다.

 동시에 여행자는 가스 불을 켜고 밀크 팬에 물과 아삼 홍차, 계피, 카다몬 시드, 정향과 같은 향신료를 넣는다. 물과 홍차가 기본이고 나머지 향신료는 가능한 대로 넣어 줘도 크게 상관없다. 그리고 천천히 끓는 냄비를 조용히 들여다본다. 숨을 죽이고 가만히, 가만히, 가만히, 들여다본다. 그러면 그 모습을 통해 어딘가에서 많이 본, 매우 친숙하면서도 그리운, 태고의 광경을 목격하게 될 것이다.

그것은 원시 지구다. 냄비 안에서 끓고 있는 붉은 찻물에 우유를 붓자 마치 한 송이 꽃처럼 부풀어 오르기 시작한다. 그리고 그 거품꽃은 냄비 중심으로부터 태극의 형태로 휘감는다. 이 광경, 어쩌면 생명 이전의 원시 지구, 바로 원시 수프를 닮았다.

1922년 러시아의 생화학자 오파린이 제기했던 생명 탄생의 수프설. 40억 년 전 지구는 몇 개의 화학물질로 되어 있는 원시의 바다였다. 무에 가까웠을 순도의 바다는 오랜 시간 침묵으로 일관한다. 그러던 중 우연히 번쩍이는 번개가 내려와 바다에 꽂혔고 그때 일어난 전기 충격으로 바다 속엔 단백질 같은 복잡한 분자들이 생겨난다. 한마디로 기적이다. 그런데 한 번의 기적이 일어난들 이 작은 분자를 깨끗이 분해해 오던 태양의 자외선이 또 난제였다.

그러나.

이를 교묘히 피해 깊은 심해로 숨어든 몇몇 분자들 사이에서 또 다른 기적이 일어난다. 수프 속을 둥둥 떠다니던 원자들이 뭉쳐 아미노산, 포도당 등을 만든 것이다! 그렇게 뭉치고 뭉쳐 무척추동물을, 해양척추동물을, 그리고 어류, 양서류, 파충류, 포유류, 영장류로 냄비의 역사는 이어간다. 원시 수프는 그야말로 생명창조의 비밀을 간직한 태초의 냄비다.

여행자의 냄비 또한 기적이다

그리고 또 다른 냄비가 지금 여행자 앞에서 끓고 있다. 이 냄비는 분명 제2의 원시 수프다. 이 안에서는 꾸준한 창조가 이루어진다. 다양한 장소에서 각각의 역사를 지닌 식재료가 각자 먼 여행을 마치고 이곳, 여행자의 작은 냄비 안에서 우연히 뭉쳤다. 기적이다.

잘 들여다보면 이런 풍경들이 보인다. 인도 동북부 산간 지방의 아삼. 그곳에서 어느 소수 민족 소녀의 가느다란 손목 힘에 의해 채취

된 찻잎. 그 잎들이 공장 앞마당에서 숨을 한번 죽인 뒤 깎이고 발효 되고 바싹 말려 대형 수출 어선의 창고를 거쳐 이곳에 왔다. 그 사이 찻잎들은 홍차 공장에서 일하는 어느 인도인의 발에 깔리기도 했을 것이고 슬픔이나 사랑에 빠진 인도 아가씨에 의해 진공 포장대로 올려지기도 했을 것이다. 그렇게 오랜 여행을 마친 이 찻잎이 지금은 한국의 작은 빌라 부엌의 밀크 팬 속에서 뱅글뱅글 돌고 있다.

즉, 한 잔의 차를 끓이는 행위는 그 재료가 여행해 온 시공을 고스란히 느끼는 일이다.

다시 찻잎의 여행을 회상해 보자. 그곳은 손으로 쭉 짜면 그대로 초록색 즙이 되어버릴 것 같은 녹색 풍경이다. 눈부신 녹색이 펼쳐진 인도 아삼 지역의 차밭. 그곳에서 찻잎이 자라기까지 다시 기적에 가까운 우연과 필연들이 필요하다. 그때 당시 그곳에 불던 바람과 온도, 습도, 그리고 토질 상태를 결정하는 땅속의 숱한 유기물들. 그 안에는 마을 염소와 오리들이 지나다 눈 똥들도 들어 있을 것이다. 이 모두가 한마음으로 합쳐져 지금 냄비 안의 찻잎이 태어났다. 그리고 그 여행은 찻잎의 세포 하나하나에 고스란히 기록됐다. 그리고 여행자는 찻잎을 끓이며 이들 여행에 동참한다. 그런데 이 여행은 자유 여행이다. 일상 우주 여행자는 자신의 의지로 여행 루트를 변경해 본다. 아삼에 이어 인도 남부 말라바르로.

여행자는 카다몬 몇 알을 냄비 안으로 통통 털어 넣는다. 이로써 아삼 홍차 곁엔 콩알 같은 카다몬이 서로 어깨를 부딪히며 팔팔 끓고 있다. 생강과에 속하는 향신료 카다몬. 남부 께랄라 주 말라바르의 어느 촌부의 손에 의해 채취되어 홍차 잎과 비슷한 일련의 스텝을 밟고 이곳에 도착했다. 먼 께랄라 주에서부터 긴 여행을 마치고 대한민국 어느 여행자의 냄비 안으로 들어선 카다몬. 사실 그중 일부는 먼지 폴폴 나는 바라나시 골목 어느 차이왈라(차이를 타주는 직업인)의 손에서 펄펄 끓고 있을지 모를 일이다.

여행자의 냄비는 점점 붉고 진하게 우러난다. 이곳에 모인 식재료들의 만남이 점점 깊어 가는 것이다. 뭉치고 뭉쳐 무척추동물에서 해양척추동물로, 그리고 어류, 양서류, 파충류, 포유류, 영장류로 이어간 원시 수프의 기적처럼. 이 또한 기적이다. 그러하기에 손수 차이를 끓이는 이 행위는 또 한 번의 기적을 창조하는 일이다. 무심코 찻물을 끓이고 무심코 먹는 것이 아니라 이 모든 식재료들의 여행을 하나하나 쳐다보고 냄새 맡고 이들의 만남을 주선한다.

바로 이 미시를 향유하는 눈. 세상 유흥법에 필요한 조건이요, 일상 우주 여행의 베이스다. 하여 이 여행은 실존적 요리고 실존적 참여이며 실존적 먹기가 된다. 버튼을 누르면 자동인형처럼 움직이며 세수를 하고 얼굴에 분을 칠하거나 넥타이를 매는 대신 풍경 이면의 미를 읽음으로써 말이다. 눈에 금방 보이는 즉시적 풍경과 행위 이면, 말하자면 식재료 여행의 과정들을 예감하고 누리고 지켜본다. 이 작은 일련의 놀이는 세상이 텔레비전 광고용 이미지가 아니며 그 이미지

뒤에 저마다의 시공이 엄연히 존재함을 기억하는 것인지도 모른다.
상상의 인도가 끓고 있는 가운데 차이의 심장이라고도 할 수 있는 우
유, 이 우유도 여행에 동참한다. 강원도 횡성에서 자란 어느 젖소다.
이 젖소는 얼마 전 뉴스에서 봤던 대광목장의 '월 103호'일지도 모른
다. 14년간 우유를 78만 개나 만든 왕젖소, 그 슈퍼 젖소가 빚은 인내
의 결과일지도 모른다. 월 103호가 짜낸 우유에 이어 브라질이나 콜
롬비아에서 태어난 달콤한 설탕이 운명의 여행에 끼어든다. 이렇게
하여 인도, 유라시아 대륙, 아메리카를 두루 여행한 만국의 차가 완
성된다.

여행자는 진하게 우러난 차이를 티 거름망에 걸러 둥근 잔에 담는다.
아삼의 바람과 흙과 물과 그리고 부엌의 가스불이 만나 이룬 한 잔의
차이. 찻잎도 카다몬도 계피도 생강도 각자 다른 곳에서 다른 인연으
로 태어났지만 둥근 밀크 팬에서 뱅글뱅글 돌며 끓다가 하나가 됐다.
한 잔의 차는 흙, 물, 바람, 불이 각각 떨어져 태어났다가 한꺼번에 휘
몰아 합쳐져 우주가 태어나는 주역의 원리를 꼭 닮았다.

이 순리가 빚어낸 신의 입자를 충분히 감상한 뒤 따뜻한 액체를 감사
히 마신다. 기적의 빅뱅을 일군 한 잔의 차가 한 여행자의 입 속으로
쏙하고 들어간다.

그리고 그것은 다시 똥으로, 오줌으로, 도랑으로, 강으로, 다시 하늘
로, 또 비로, 땅으로, 여행을 떠날 것이다. 긴 여행을.

내 방은
루브르 박물관

/ 모든 사람은 예술가다 /

이런 여행을 추천한다. 루브르 박물관에 갈 수 없다면 내 방을 전시실로 만들고, 파리 퐁피두 센터에 가기 어렵다면 내가 작가가 되는 것이다. 여행은 공간을 이동해 실물을 직접 구경하고 감상하는 원초적 의미도 있지만, 공간에 가서 직접 관람하며 기른 '안목'에 더 깊은 매력이 있는지도 모른다. 그렇다면 단지 구경꾼에 머무는 것이 아닌 이 여행은 오히려 루브르 박물관이나 퐁피두 센터를 관람하여 얻는 핵심에 승강기를 타고 바로 오르는 길인지도 모른다. 그런 의미에서 무수한 일상 예술가들과 일상 여행자들 사이에 불멸의 선배로 알려진 요셉 보이스는 쉽지만 깊은 자유놀이의 가이드이다.

한쪽 벽에 평범한 양복이 한 벌 걸려 있다. 20세기 가장 영향력 있는 예술가 중 한 사람인 요셉 보이스의 작품이다. 단지 회갈색 양복 한

벌을 옷걸이에 걸어둠으로써 그는 작품을 완성했다.

낚시질도 이런 낚시질이 또 없다. 요셉 보이스의 펠트 양복과 퇴근 뒤 획하고 던져 놓은 나의 외투와 무엇이 다른가? 인터넷에서 기사 제목에 혹해서 클릭했더니 알고 보니 영화홍보였던 것과 하나도 다를 바 없지 않느냐고 누군가는 흥분한다. 하지만 화낼 이유가 없다. 당신도 맞고 요셉 보이스도 맞다. 당신이 획 벗어 둔 외투도 요셉 보이스의 펠트 양복도 모두가 작품이고 예술이라는 게 바로 보이스가 말하고자 하는 바다.

그의 낚시가 아름다운 이유는 굴 속에 있던 예술을 일상 안으로 끄집어냈다는 데 있다. 박물관에서나 혹은 특정 소수의 사람들만이 소유하고 유통하던 예술에서 보다 많은 사람들이 곁에 두고 보고 또 즐기고 무엇보다 스스로 예술을 창조하도록 그가 일상 안으로 끄집어냈다. 그래서 그는 이런 대등 방정식을 완성했다.

그는 말한다.

"모든 사람은 예술가다 (Everyone is an Artist)."

반복컨대 일상을 유흥하고 여행하는 데 있어 요셉의 이러한 목소리는 아주 큰 응원이 된다. "모든 사람은 예술가다." 개념미술의 부흥자인 그의 주장대로라면 존재적 '개념'만 있으면 일상도 예술이 될 수 있다.

일상 우주 여행자는 자신의 방을 둘러본다. 옷장 안엔 비슷한 디자인

의 트렌치코트 서너 벌과 카디건, 데님 난방과 체크 셔츠가 기찻길처럼 걸려 있다. 색깔은 검정, 회색, 카키색이 전부. 오, 본인 스스로도 놀라운 일이다. 노랑, 빨강, 분홍 색깔이 빠져 있다니. 그러고 보면 이 기찻길의 모습은, 여행자의 취향이자 심리적 역사이다. 여기에 이런 제목을 붙일 수 있겠지. '심리학보고서: 회색의 기찻길'

요셉 보이스는 자신이 평생 추구했던 따뜻한 펠트의 질감을 두고 현대인의 영혼을 지켜주는 영적 온기로 표현했다. 그렇다면 어느 한 일상 우주 여행자의 옷장은? 여행자는 청회색 일색의 옷장을 두고 원색의 전쟁에서 패한 그러나 운수납자의 내면처럼 고요함이 깃들었다고 우겨 본다.

그리고 문구점에서 사온 네임 스티커나 포스트잇에 정성스레 타이틀을 적고 옷장에 붙인다. '구름, 혹은 운수납자의 옷장.' 사실 요셉의 미술이 왜 개념 미술이겠는가? 타이틀이 중요하다, 타이틀이. 되도록이면 예쁜 글씨로 또박또박 쓴다. 이로써 평범한 옷장은 타이틀이 적힌 네임 스티커와 함께 불멸의 페이지로 위치를 옮긴다.

여행자의 생각이기도 하지만 그 전에 일상의 예술화를 실천했던 현대 예술가들, 예컨대 요셉 보이스를 시초로 백남준, 존 케이지의 선언이기도 하다.

하지만 그렇다고 무엇이 달라졌을까. 네임 스티커 하나에 말이다. 단순한 옷장이 예술 선언을 하기까지 그 전후는 어떻게 다르길래? 왜 어떤 것은 잿빛 트렌치코트고 어떤 것은 구름과 운수납자의 옷장으로 변한 거지? 일상 우주 여행자는 내 방 전시회에 앞서 고민해 본다.

가령 요셉 보이스의 펠트 양복을 기억해 보자. 제2차 세계 대전 당시 독일 공군 조종사로 참전했다가 폭격을 맞고 추락하여 죽을 뻔했던 보이스. 그때 그는 그 지역 원주민들의 극적인 도움으로 살아난다. 원시 부족이던 타타르인들은 죽어가는 그의 몸에 기름을 발라 주고 펠트 담요로 몸을 싸 주었다. 그는 그렇게 죽다 살아났다. 그 뒤 그는 부활과 갱생의 이 경험을 예술에 담았다. 무엇보다 자신이 치렀던 부활의 '경험' 자체가 예술 작품이라고 굳게 믿었다. 이후 자신을 살렸던 원주민의 따뜻한 펠트 담요를 영원히 기억하게 된 보이스.

벽에 걸린 펠트 양복은 바로 그 이야기의 온기를 표현한 것이다. 그렇게 그 양복에는 작가의 시간과 의지와 이야기가 흐르고 기록된다. 결국 옷장의 예술 선언 역시 거기에 특정 '의지'나 '이야기'가 포함되었느냐, 그렇지 않느냐에 있다. 의지와 이야기를 찾으려는 시도만 있으면 보이스의 선언대로 여행자는 내 방을 작품 전시회로 만들 수 있다.

9년 전 프랑스 아를 여행에서 만난 어떤 여행자는 일상 우주 여행을 즐기고 있었다. 여행 뒤 집에 돌아간 그녀는 자신의 일상을 담은 폴라로이드 사진들을 모아 제 집을 미술관 삼아 지인들을 초대했다. 그러고는 간단한 다과까지 곁들이며 자기 방을 전시관으로 만들었다. 벽에 한 줄로 걸린 수백 장의 폴라로이드 사진들. 유년기가 담긴 필름은 가스레인지 뒤편에 걸어 두었고 싱크대 한쪽에는 여행하던 당시 모습들을 모았다. 우리가 만났던 아를의 풍광 역시 싱크대 가장자리에서 아우라를 빛냈다.

사물 안에 의지와 이야기를 넣으면 모든 사람은 예술가다.
Everyone is an Artist.

일상 우주 여행자는 본격적으로 전시회 준비를 감행한다. 알록달록 포스트잇과 액자들, 파스텔 색조의 마스킹 테이프도 준비한다. 그리고 나, 나라고 말할 수 있는 것들을 찾아본다. 내게 영향을 준 사람들과 사건들, 그리고 잊을 수 없는 기억의 사물들과 흔적들을 찾아본다. 서재 한가운데 놓인 셰익스피어 얼굴은 어디에 둘까? 히피와 자유의 상징처럼 무분별하게 걸려 있는 머플러들은 어디에 둘까? 하나씩 사물에 의지를 담아 그것들에 꼬리표를 달아 타이틀을 적어 둔다. 아끼는 동화책《이상한 나라의 앨리스》의 일부를 원더랜드의 꼭짓점으로 삼고, 버려진 라면 봉지를 오려 자필시를 적은 메모지를 붙이니 뒤샹의 그것과 다르지 않다. 다 먹은 쨈 통엔 도스토옙스키의 언어를 기록한 봉봉 과자를 넣어도 좋다.

작업을 마친 뒤 천천히 방을 둘러보자.
아를에서 만난 여행자처럼 누군가를 초대해도 좋겠다. 동영상을 촬영해도 좋고, 아니면 다만 꽃병을 바라보듯 자신만의 루브르를 감상해도 좋다. 이 모든 작업은 결국 의지로 쓴 자서전이다. 그리고 장난스레 이 구절을 떠올려 본다.
"지으신 모든 것을 보시니 보시기에 심히 좋았더라(창세기 1:31)."

부엌에서 만나는 중세 여행:
추리소설을 읽으며 고(古) 음악을

/ 어디서든 여행지를 창조해 간다. '시선'의 힘으로 /

당근의 죽음에 슬퍼해 본 적이 있는가? 양파의 비명 소리를 들어본 적은 있는가? 아직 그들을 동정하거나 슬퍼해 본 적 없다 해도 이 명제는 온전하다.

우리는 매일 죽음을 먹고 산다.

오늘은 중세로의 여행이다. 일요일 늦은 아침. 한껏 늦잠을 잔 뒤 일어나 뒤늦은 식사를 준비한다. 오전 햇살이 남아 있는 부엌 창가에서 요리하려는 여행자의 한 손엔 추리소설이 들렸다. 서늘한 칼과 식재료가 놓인 부엌, 그리고 추리소설. 일요일에 부엌 구석에서 추리소설을 읽는 기분이란 이탈리아 움브리아주의 중세 도시들을 탐험하는 느낌과 비슷하다.

가령 이런 풍경이다. 유독 높은 벽들이 다닥다닥 붙어 있는 중세의 골목에는 어둠이 일찍 찾아온다. 흑사병이 만연하던 때에 봇짐 하나를 매고 그곳을 떠도는 여행자가 있다. 배는 고파오고 그때 여행자의 눈에 불빛 하나가 들어온다. 어두운 골목 끝에 따뜻이 불이 켜진 창문에서는 요리하는 하인의 그림자가 비친다. 바로 그 골목의 봇짐 여행자와 같은 기분. 어떤 경계에 선 느낌이다. 페스트 공포에 휩싸인 중세의 골목과 그 사이로 비추는 부엌의 따스한 등불.

요리를 하며 추리소설을 읽을 때면 바로 공포와 안락이라는 두 세계가 묘하게 교차되는 경험을 한다.

끓는 데 약간의 시간이 소요되는 요리, 예컨대 닭이나 파스타를 삶으며 렌지 앞을 지켜야 하는 상황이라면 나쁘지 않다. 한 손으로는 파스타를 젓고 다른 한손으로는 추리소설을 들고 한 줄씩 찬찬히 읽어나간다.

여행자는 두 세계의 경계에 서 있다. 보글보글 끓는 냄비에서는 따뜻한 김이 올라오고 빳빳했던 면이 보들보들 익어가는 세계, 여행자가 서 있는 현실이다. 반면 눈이 향하고 있는 추리소설의 세계는 계속되는 어둠의 암시와 언제 살육과 살인이 벌어질지 모를 팽팽한 긴장으로 가득하다. 여행자는 소설에서 눈을 떼지 않은 채 다른 한 손으로는 여전히 파스타가 잘 익게 골고루 저어준다. 일말의 사건들을 추리해 가며.

살육이 벌어지는 추리소설 속 세계 VS 파스타를 삶는 평온한 현재.

묘하게 대비되는 이 두 세계 사이에서 여행자는 조심스럽게 다음 장을 넘긴다.

여행자가 선택한 책은 스탠리 엘린의 소설 《특별요리》다. 추리소설계의 전설인 앨러리 퀸이 극찬한 엘린의 처녀작이자 그해 최고 신인상을 받았던 《특별요리》. 간판도 없이 오직 단골들만 찾는 식당이 무대이다. 어두운 골목길 지하에 위치한 스빌로즈라는 식당에서는 한 달에 한 번 메뉴에도 없는 특별요리가 나오는데 그것을 한 번 맛본 자는 죽기 전까지 그곳의 단골이 될 수밖에 없다고 한다. 푹 빠진 맛에 떨리는 손으로 접시에 담긴 고기를 썬다던 특별요리. 이 특별요리에 쓰이는 고기는 양이다. 아프가니스탄과 러시아의 경계에 있는 황무지에서 산다는 아밀스턴 양. 아밀스턴 양 요리를 처음 맛본 자는 자신의 영혼을 들여다보는 아찔한 경험을 할 정도라고 한다.

그리고 그것은 우연이었다. 여행자가 꽝꽝 언 닭을 삶으며 《특별요리》의 그 챕터를 읽게 된 것은. 치킨 파스타에 들어갈 냉동 닭을 녹이려고 고기를 살짝 데치는 중이었다. 팔팔 끓는 냄비 안을 들여다보며 동시에 음침한 스빌로즈 식당의 단골들이 어느 날 갑자기 해외로 발령을 받거나 하는 식으로 사라지는 부분이다. 아밀스턴 양 요리에 빠져 10년 정도 단골이 되면 어느새 얼굴은 확 피고 살집도 제법 붙게 되는데 그 즈음에서 단골들은 하나둘 모습을 감춘다. 여행자는 끓는 냄비 안의 고기를 쳐다보며 작가 엘린의 마음속을 추리해 간다.

그리고 얼었던 분홍빛 닭가슴살이 풀어지며 백색으로 점점 변해 가는 동안 특별 메뉴의 정체 또한 서서히 예감한다. 먹을 때 자신의 영혼을 들여다볼 수 있을 정도로 특별한 맛을 낸다는 '아밀스턴 양 요리.' 고기의 재료는 결국 단골들 중 누군가의 '희생'으로 준비되었던 것이다. 주인공의 희생이 목전에 다다를 무렵 여행자는 또 다른 생각을 한다.

세상의 모든 요리는 아밀스턴 양 요리다. 그리고 모든 부엌은 추리소설 속 세계이다.

죽음을 재료로 하는 추리소설의 세계, 그곳은 이곳 부엌이다. 칼과 도마와 불과 끓는 냄비가 있는 부엌. 모든 식재료의 죽음을 통해 생명을 이어가는 부엌은 죽음의 세계이며 동시에 생명의 현재다.

여행자는 아밀스턴의 양을 떠올리며 냉동 닭이기 이전에 새벽이면 날개를 퍼덕이며 울던 닭을 상상한다. 파닥거리며 농장을 뛰어다니거나 사각 우리에 갇혀 모이를 받아먹는 닭을 추억한다. 그 닭이 누군가의 손을 거쳐 내 작은 냄비 안에 들어와 거룩한 치킨 파스타의 재료가 되기까지의 과정을 되새긴다.

아밀스턴의 양 요리뿐 아니라 세상의 모든 식탁은 희생의 제의다. 무언가의 죽음 없인 요리도 없다.

그렇게 생각하는 순간, 여행자의 부엌은 중세 골목의 작은 성당에서 치르는 미사가 된다. 여행자는 이탈리아 중부의 시에나나 아시시와 같은 중세의 향기를 간직한 골목 끝, 그곳의 작은 성당에서 울려 퍼지는 미사의 한 장면을 떠올린다. 낡은 성당 안엔 가난한 무명의 작곡가가 쓴 미사곡 여섯 곡이 차례로 흐른다. 〈키리에〉로 시작하여, 〈글로리아〉 〈크레도〉 〈산크투스〉 〈베네딕투스〉 〈아뉴스 데이〉로 끝나는 중세의 보이스를 성당 맨 끝에 앉은 떠돌이 여행자가 혼자 듣고 있다. 작은 봇짐 하나로 떠돌던 배고픈 여행자는 가만히 최후의 만찬을 그려 본다.

미사의 시작은 사실 밥상에서였다. 예수가 십자가에 매달리기 전에 제자들과 가진 최후의 만찬 의식을 기반으"로 한 게 바로 미사다. 밥상이 그 기원인 것이다. "이것은 너희를 위하여 바칠 내 몸이니라." 예수는 다른 것도 아닌 빵, 빵을 들고 이렇게 말했다. 그리고 빵을 나눴고 자신의 피 같은 포도주를 나눠 마신다. 이제 그 만찬은 세상의 모든 밥상 안에도 있다.

모든 식재료의 희생으로 태어나는 게 밥상이며 그 밥상으로 삶을 이어가는 게 우리다.

〈키리에〉(자비)로 시작해 〈아뉴스 데이〉(주의 어린 양)로 끝나는 게 성당의 미사라면 반대로 가련한 〈아뉴스 데이〉으로 시작해 〈키리에〉로 생명을 이어가는 게 밥상인 것이다. 모든 식탁은 붓다의 밥상이며 그리스도 최후의 만찬이다.

여행자는 치킨 파스타를 먹으며 닭의 죽음과 밀의 희생을 기억한다.
마늘과 파슬리와 바질의 존재를 피부와 혀와 위장으로 공감한다.

일요일 오전 스탠리 엘린의 추리소설을 읽으며 요리를 한다는 것. 샤
르펭티에의 미사곡이나 중세의 고어로 이루어진 성악곡을 들으며
요리를 먹는다는 것. 여행자는 이 작은 시도 속에서 아시시 성당의
미사를 지켜보는 중세 여행자의 마음이 된다.
무엇보다 이 여행을 통해 그동안 보이지 않았던 냉동 닭의 감정을,

파스타 면이기 전에 밀의 죽음을 경험한다. 그리고 이제 끓는 냄비와 그 속의 당근과 양파를 새로운 눈으로 바라본다. 당근의 감정과 양파의 죽음을 예감하자 팔팔 끓는 둥근 냄비 안에서 예수가 빵을 내밀 것 같다.

여행은 바로 이 새로운 눈, '깨어 있는 시선'을 얻는 것이다.

실제로 이런 식물들의 감정에 대해 연구한 인도의 천재 과학자가 있다. 식물에 위스키나 진을 주면 인간들처럼 취해서 주정뱅이처럼 비틀거리거나 기절도 했다가, 술에서 깨어나면 숙취의 증상까지 나타낸다는 흥미로운 연구. 게다가 당근을 실험대에 올려놓고 핀셋으로 찌르면 당근이 움찔하며 고통을 표현한다고 한다. 과학자 찬드라 보스는 이 흥미로운 사실을 《생리학적 연구 과제로서의 식물의 반응》이라는 책에서 무려 781페이지에 걸쳐 315가지의 실험들을 통해 서술한다. 양파와 당근의 기분을 위해 무려 315가지의 실험을!

똑똑한 현대인들은 이렇게 물을지도 모른다. 대체 당근과 호박이 감정을 지니고 냉동닭의 죽음에 대해 떠올리는 게 우리 사는 것과 무슨 상관이냐고.

물론 그렇다. 그러니까 우리는 그저 재량껏 치킨 파스타를 먹고 호박 된장국을 먹는다. 밥상이 한 끼 때우는 식의 에너지바가 될지 수천 년의 지혜가 담긴 황제의 밥상이 될지는 온전히 여행자의 눈에 달렸다.

예컨대 이렇게도 볼 수 있다. 두 명이 똑같이 다빈치의 그림 〈최후의 만찬〉을 감상한다. 한 명은 델라그라치 수도원에 그려진 그림을 보며 3개의 창문과 4개의 무리로 나뉜 12제자 그림이 정말 삼위일체와 네 복음서를 말하는 것일까라고 말하며 신비의 코드를 푼다. 그러는 사이 나머지 한 명은 답답해서 묻는다. "대체 다빈치 그림이 어디 있다는 거요?" 그림조차 못 보는 것이다.

같은 재료로 요리한 밥상 앞에서도 두 사람은 마찬가지다. 일회용 에너지바가 될지 황제의 밥상이 될지, 식탁 앞의 여행자는 딱 자기가 보는 만큼 먹는다. 여행을 한다는 것은 바로 그 시선을 키우는 자기 부활의 작업이다. '깨어 있는 시선'을 얻는 것.
그러면 여행자는 어디서든 여행지를 창조해 간다. 지금 있는 곳 어디에서건.

세잔과 함께하는
시공 여행

/ 동네에서 세잔과 만나는 방법: 세잔 되기 /

어떤 날, 잘 익은 사과를 한 입 베어 물었는데, 한 사람의 이미지가 떠올랐다. 두 앞니로 베어 문 자리는 정확히 그믐달 모양의 C자였다. 세잔(Cézanne).

몇 해 전 떠났던 엑상 프로방스에서의 오후가 생각난다. 언덕 깊숙이 위치한 레몬 빛 벽의 작업실. 그날 역시 지금과 비슷한 날씨였다. 막 비가 그친 청명함이 느껴지는 아침이었고, 온통 사과 향기 일색이었다. 그리고 일상 우주 여행자는 조용히 사과 한 알을 손에 쥔 채 집 앞 언덕길을 오른다. 오늘은 엑상 프로방스를 다시 찾기로 결심한다. 폴 세잔, 그가 바짝 붙어 뒤따른다.

일어나자마자 테이블에 놓인 사과를 쳐다보던 사내. 세잔은 엑상 프로방스에서 태어났고 그곳에서 사과를 곁에 두고 생활했으며 또 그곳에서 죽었다.

폴 세잔.

사실상 유럽 미술은 세잔의 사과 한 알로 현대 미술과 그 이전으로 갈린다. 그에 반해 그의 과거는 다소 참담했다. 은행가의 아들로 태어난 그는 그림에 반대하는 아버지를 설득해 국립미술학교에 응시했으나 낙방하였고, 이듬해 다시 응시했으나 또 낙방했다. 살롱에 작품을 출품했으나 미술 관계자들에게 집중적으로 혹평을 들었다. 어떤 비평가는 "정신건강에 안 좋으니 임산부가 봐서는 결코 안 될 그림"이라는 극단의 평가를 내렸을 정도였다.

그런데 지금은 어떤가? 프랑스 제2의 도시 마르세유에서 시외 버스를 타고 엑상 프로방스에 도착하면 가장 먼저 세잔의 얼굴이 맞아 준다. 마을 전체가 세잔 패키지로 가득 차 있다. 생트 빅투아르산을 포함해 그가 자주 가던 카페와 걷던 길을 따라 '세잔의 흔적을 쫓아'라는 가이드 투어까지 생겼다. 우리는 굳이 세잔을 찾아 그 먼 곳을 여행한다. 세잔의 학창 시절 단골 카페인 두 갸르송에 들르고 그가 걷던 로브 언덕을 올라 본다.

그러나 이런 여행을 제안해 본다.

세잔 되어 보기

세잔을 구경하는 것이 아닌 그의 감각과 경험 느끼기. 세잔의 사과를 구경하지 않고 사색하고 사과와 온종일 뒹굴어 보기. 구경이나 관광이 아닌 세잔 되기.

화가들이 거대한 신화와 역사, 부르주아들의 화려한 생활을 그릴 때, 세잔은 사과 몇 알을 놓고 종일 고뇌했다. 요즘 같아서는 사과 덕후로 몰리기 딱 좋을 상황이다. 그를 아는 사람들은 자기 방에 틀어박혀 사과 따위나 그린다고 세잔을 늘 히키코모리로 취급했다.

게다가 세잔은 주위사람들의 이러한 취급에 반박하려 해도 현실은 그럴 수 없었다. 전문가들에게는 인정받지 못한 화가였고 가족과 친구들에게까지 실력 없는 그림쟁이로 낙인이 찍혔기 때문이었다. 그럴수록 독종이 되어 그는 사과만을 믿었다.

그는 썩어 문드러질 때까지 사과를 보고 관찰하고 또 그렸다. 그가 사과를 선택한 이유는 싱거울 정도로 간단하다. 오래오래 그리기에 사과만 한 과일이 없었던 것이다. 다른 과일에 비해 사과는 잘 썩지 않고 오래 버텼기 때문이었다. 그 정도로 세잔이 인내했다고 볼 수 있다. 다른 거창한 이유를 들지 않는 세잔의 솔직담백함, 우직함이 세잔이라는 거인을 만들었다.

일상 우주 여행자는 세잔의 우직함을 닮은 사과 한 알을 들고 집 앞 언덕을 오른다. 세잔은 하루도 거르지 않고 로브 언덕을 올랐다. 낡은 코트에 모자를 쓰고 이젤과 캔버스를 메고 20년간 꾸준히. 그곳에서 그는 수백, 수천 장의 생트 빅투아르산을 그렸다.

바로 그 로브 언덕을 오르듯 우직하게 사과 한 알을 들고 동네 언덕을 오른다. 막 다린 셔츠 같은 상쾌한 바람이 쏟아진다. 사과를 한 입 베어 물고 또 걷는다. 물론 동네 언덕 위엔 생트 빅투아르 산은 없지만 소박한 집들이 옹기종기 모여 있다.

세잔이었다면 이 옹기종기 모인 집들을 어떻게 보았을까? 그리고 어떻게 그렸을까?

아직까지는 가늠할 수 없다. 하지만 지금은 아침. 시간은 넉넉하다. 여행자는 천천히 사과를 먹으며 동네 산책을 마친 뒤 언덕을 내려온다. 오는 길에 문구점에 들러 구입한 스케치북과 HB연필을 손에 들고서. 오늘은 세잔의 날이니까.

로브 언덕을 내려온 세잔은 아틀리에에서 온 종일 사과를 그렸다. 사과 몇 알을 앞에 두고 백 번을 그리고 또 그렸다. 천 번을 그리고 또 고쳤다. 그가 그리기를 멈춘 때는 오직 사과가 썩어 형체가 사라질 때, 그때였다. 그렇게 40년을 그렸다. 그래서, 그가 본 것은 무엇일까? 여행자는 생각한다. 그리고 그린다. 생각만 하는 것이 아니라, 세잔의 화집만 펼쳐보는 것이 아니라, 세잔이 되어 사과를 그리겠다. 온종일. 틀어박혀 내내 그릴 참이다.

이제 본격적으로 시작된 여행. 늘상 교과서에서 봐 왔던 세잔의 사과 그림. 테이블 위에 사과를 얹고 흰색 광목천도 살포시 곁에 둬 본다.

그 그림처럼 조물조물 광목천의 주름도 잡아본다. 꽤 그럴싸하다. 그러고 나서 다음 일은 다만 쳐다보는 일.

세잔을 알기 위해서는 이 과정이 필수다. 그가 40년을 관찰해 온 사과. 눈앞의 사과를 관찰해 보는 것. 오래오래.

얼마나 지났을까. 물론 여전히 둥글다. 그저 둥근 사과다. 대체 세잔은 사과를 어떻게 봤다는 거지? 어떻게 사과 한 알로 현대 회화의 문을 연 걸까. 여행자는 갈수록 궁금하지만 물론 조급할 필요는 없다. 천천히 오래오래. 세잔은 40년을 해 왔지 않은가.

정오부터 둥글게 둥글게 사과를 그리고 나니 오후 세 시 반. 슬슬 배가 고프다. 이왕이면 식사도 세잔의 고향 프로방스풍으로. 허브와 올리브, 양젖으로 만든 치즈가 들어간 정통 프로방스풍은 어림없고, 간단히 마늘을 볶아 넣은 얼렁뚱땅 알리오올리오 파스타를 만들어 먹는다. 물론 요리를 할 때도 면발을 넘길 때도 시선은 오직 사과, 사과만을 바라보자. 그걸 멈추면 이번 여행은 헛다리를 짚은 것이라고 세잔이 옆에서 말한다. 그래서 여행자는 요리할 때도 면발을 넘길 때도 사과를 쳐다본다. 지금 시각은 오후 다섯 시 반이다.

오전 아홉 시부터 시작된 여행에 조금 달라진 점이 있다면 사과가 왠지 친근해졌다는 것이다. 하루 동안의 사과가 그러할진대 하물며 40년을 함께한 사과라면 어떨까.

조금 지루하다 싶어 위치를 조금 바꿔 앉는다. 자리에서 일어나 위에서 바라본다. 둥글긴 하지만 조금 전과는 조금 다르게 보이는 듯도 하다. 다시 몇 걸음 걸어 이번엔 왼쪽에서 사과를 주시한다. 꼭 휘어진 쟁반처럼 길쭉하다. 그리고 오른쪽으로 돌아 또다시 살핀다. 같은 사과지만 반대편과는 색깔이 다르고 무늬가 다르다.

그렇게 여행자는 앉았다 일어섰다 하면서 사과를 바라보고, 왼쪽 오른쪽으로 사과 주변을 돌아본다. 뱅글뱅글 돌아본다. 그리고 서서히 회심의 미소가 번진다.

. .

사과 명상 혹은 시공 너머 세잔과 만나기

이것이 세잔이 알아낸 사과의 진실이다. 같은 사과 한 알이건만 앞에서 본 것, 위에서 본 것, 그리고 왼쪽과 오른쪽에서 본 풍경이 모두 다르다. 위치에 따라 모양도 색깔도 썩은 정도도 다르다. 이 모습을 본 소처럼 우직했던 세잔은 시간에 따라 갈대처럼 변해 가는 사과에 딴지를 건다. 그는 오직 사과를 그리고 싶었다.

시점에 따라 달라지는 사과, 시간에 따라 변하는 사과가 아닌 오직 하나의 사과를.

그렇게 40년을 보낸 뒤 세잔은 결론에 도달한다. 40년 동안 그려온 사과를 한 번에 몰아주기로 한다. 왼쪽, 오른쪽, 위, 아래의 모습이 다

르고, 어제와 오늘, 그리고 내일이 다르지. 그래, 그렇다면 나는 너를 왼쪽, 오른쪽, 위, 아래, 어제와 오늘 그리고 40년 뒤, 400년 뒤……. 이 모두를 한순간으로 묶어 그릴 테다. 바로 지금, 바로 이곳에서. 다변적 시공을 한 번에 담아 그린 사과.

그렇게 세잔의 사과는 탄생했다. 그리고 그렇게 현대 미술의 문이 열렸다. 피카소라는 후배가 뒤를 따랐다. 피카소는 세잔을 유일한 스승으로 생각했고 세잔이 사과를 바라본 방식으로 여자를, 바이올린을, 탁자를, 세상을 그렸다. 어느 쪽에서 보느냐에 따라, 시간에 따라 변하는 한순간의 풍경이 아니라 이를 전체로 보는 영원의 풍경을 그리려 했다.

단지 보이는 표피 외의 것, 시공 너머 의식의 사과를 그려라. 세잔은 그렇게 피카소에게, 그리고 우리에게 사과 한 알을 내민다.

그리고 밤이다. 테이블 위에 있는 사과는 여전히 싱싱하다. 하지만 내일은, 그리고 보름을 넘어서면? 다차원의 시공 너머의 사과는 어떤 모습일까?

C자 모양으로 깨문 사과로 시작된 아침. 세잔과 떠난 이 여행은 어쩌면 명상에 가깝다.

사과 산책과 사과 명상을 통해 적어도 여행자는 이 한 알의 사과와 친해졌다. 사람들은 모네를 보러 지베르니로, 밀레를 보러 바르비종, 세잔을 보러 엑상 프로방스로 떠나지만 일상 우주 여행자는 집 앞 언덕을 올랐고 사과를 그렸다. 세잔이 됐다.

사과 고수인 세잔과 함께한 시공 여행이었다.

여기는 인도 고아,
아침식사로 캔 맥주와 칩스!

/ 복제된 일상 너머의 시간 창조하기 /

아침부터 맥주 캔을 딴다. 꼭 이른 아침이어야 한다. 백주 대낮도 아닌 새파란 아침에 맥주 캔을 따는 것. 사실 여행자는 지금 아침 식사를 준비하는 중이다. 여행자가 여자라면 되도록 꽃무늬가 프린팅된 롱스커트에 민소매 셔츠를 입고 실 팔찌 몇 개와 저렴한 인도산 파시미나를 걸치는 것도 좋다. 남자라면 통 넓은 알라딘 바지 위에 역시 민소매 셔츠를 입고 얇은 머리띠로 앞머리를 시원하게 뒤로 민다. 그리고 잠에서 깬 사람마냥 뒷머리는 좀 헝클어 주고 빛바랜 체크 머플러를 산뜻하게 목에 감아도 괜찮겠다. 그리고 트랜스나 레게 뮤직의 볼륨을 높인다.

오늘은 인도 고아에서 아침을 맞고 싶다. 물론 여기는 일상 우주 여행자가 살고 있는 집의 부엌. 아침 메뉴는 캔 맥주와 간단한 칩스다.

아침부터 웬 술판이며 감자 칩스는 또 뭐냐 묻는다면 여행자는 과감히 "나는 지금 성지를 만들고 있어요" 하고 말하면 된다. "성지? 어떤 성지?" 하고 다시 묻는다면, "히피들의 성지 인도의 고아나 영국 글래스톤베리와 같은 곳을 재현하는 거죠"라고 답한다.

여행은 장소의 변화이기도 하지만 시간의 일그러짐 같은 것을 경험하는 기회이기도 하다. 예컨대 습관적 시간대는 이러하다. 평소 아침 일곱 시쯤에 눈 떠 머리를 감고 얼굴을 만지고 국이나 빵으로 배를 채운 뒤 출근길에 오르고, 해가 중천에 솟아 있으면 슬슬 점심식사를 하고, 다시 저녁까지 업무를 처리하다 오후 예닐곱 시 이후에 일터에서 나와 집으로 직행하거나 누군가와 회포를 푼다. 이렇게 인간은 본시 사회적 시간에 적응된 짐승인지라 시간대별 습관과 의무를 충실히 따르며 생활한다.

· ·

여행, 습관적 · 마취적 시공간의 장막 걷어내기

그런데 먼 곳을 오랜 시간 여행하다 보면 평소 가졌던 사회적 시간 관념이 차차 사라지게 된다. 사회적 약속을 기계적으로 따르면서 아침-점심-저녁을 나누는 대신 가장 하고 싶고 누려야 할 것 위주로 자기 시계를 돌리기 시작한다.

가슴과 배꼽의 시계를 따르는 것이다. 어떻게 보면 그저 본능적인 시계일 뿐이라고 단순하게 비칠 수 있으나, 다른 시계로의 변화는 보다 많은 미지적인 어떤 지점들을 작동시키는 것 같다. 그 지점의 중심엔 가슴 시계가 있다. 내가 무얼 먹어야 행복한지부터 어떤 것을 보고 또 어디를 가야 가슴 시계가 더 강렬하게 울릴지, 여행자는 조금씩 초지각적으로 예감해 간다. 희미했던 시계의 존재를 조금씩 더 친근하게 지각하는 것이다.

하지만 이런 반응도 있을 것이다. 당연한 것들을, 막말로 '내 꼴리는 대로의 선택'과 같은 쉬운 것들을 뭘 그리 거창하게 설명하느냐 할 것이다. 그러나 이는 슬픈 일이다. 당연한 자기 읽기의 작업을 누구도 살면서 배우고 연습하고 실현해 왔다고는 함부로 장담할 수 없기 때문이다. 우리는 대부분의 시간을 인습대로 눈 뜨고 선택하고 소비하고 즐긴다. 분명 내 선택인 듯 보이지만 그 속엔 보이지 않는 강요가 들어 있다. 말하자면 동네에 있는 구두가게에서 질 좋은 구두를 사기보다는, 싼 재료로 만들어졌되 값은 몇 배인 브랜드 구두를 선호하는 것 말이다. 유감스럽게도 그 선택은 온전히 내 것이 아니다.

사실 가슴 시계를 알아차리는 자기 읽기의 작업이야말로 어릴 적 신호등을 건너는 법이나 식사 에티켓을 배워 왔듯 꾸준히 배우고 연습하는 트레이닝이 필요하다. 여행이란 카드는 이국의 풍경 속에서 편히 휴식하는 리프레시의 카드인 동시에 한정된 공간에서 통용되던 인습 밖으로 걸어나가 솔직한 자기 읽기를 시도해 보는 트레이닝이기도 하다.

그런데 여행 중 이런 순간들이 쌓이면 인간 안에 봉인되고 감춰 있던 초지각적인 부분이 가속도가 붙곤 한다. 꽉 짜진 안전한 일상에서보다 여행자는 스스로 시계를 만들어낸 여행지에서 종종 기묘한 우연과 동시성을 좀 더 자주 만난다. 가령 대한민국의 몇 배나 되는 땅덩어리에서 의도치 않게 한 사람을 연이어 마주친다거나 무엇인가를 떠올렸는데 그 순간 바로 그것이 눈앞에 나타난다거나 하는 식의 동시성의 경험들. 그것을 분석심리학자들은 동시성이라는 이름으로 연구해 왔지만 여행자는 이렇게 예감해 본다. 습관적이거나 마취적으로 살아왔던 시공간의 장막이 걷혀지자 작동되는 어떤 직관과 본질의 징후일 것이라고.

어느 평범한 아침 일상 우주 여행자는 내가 사는 이곳에서 시간을 일그러트리려 한다. 히피들의 성소와도 같은 남인도 해변 도시 고아. 그 해변의 공기를 자기 집 거실로 불러들인다. 무지갯빛 소울을 뱉는 밥 말리의 〈Redemption Song〉을 크게 틀어 놓고 길쭉한 감자칩을 튀긴다. 아침이다. 새파란 아침에 일부러 시간을 비틀며 춤을 추는 여행을 한다. 감자를 튀기며 스텝을 밟는다. 캔 맥주를 딴 뒤 그 자리에서 붕붕 뛴다. 하나도 부끄럽지 않다. 이곳은 고아니까.
코코넛 야자수가 늘어선 고아 해변에서는 자주 있는 일이다. 세계 각국에서 몰려든 청춘들은 이른 아침부터 해가 막 떨어지는 순간까지 그리고 해가 떨어진 이후에도 말없이 풍경을 바라보거나 음악을 듣고 기분에 따라 춤도 춘다.

고아에서 보내는 아침같이 지금 이곳에서 밥 말리의 음악을 들으며
새 날의 빛을 감상하는 것. 이 여행에 대해 혹자는 그저 새벽 댓바람
부터 술판을 벌이는 거에 지나지 않는다고 서늘하게 비판을 내뱉을
지도 모른다. 하지만 모든 여행자가 똑같이 같은 시간에 같은 곳을
여행했다 해도 그곳에서 보고 느낀 것이 똑같지는 않다. 일상 여행도
마찬가지다.

적어도 숱한 일상 우주 여행자 중 어느 한 명은 일탈한 아침을 통해
무의식적으로 하수구로 흘려보냈던 지난 아침과의 작은 차이를 감
지할 것이다.

바쁘고 안정된 아침 속에서 눈을 뜨면서 진심으로 "아, 아침이구나."

하며 반기는 사람을 만나기란 로또 확률만큼은 아니더라도 매우 적다. 하물며 그날의 공기, 풍경, 호흡을 즐길 리 만무하다. 사실 푸석한 일상을 살다 보면 산다기보다 움직인다는 표현에 더욱 가까워지게 마련이다. 마치 양치할 때 틀어 놓는 수돗물처럼 출근 전의 아침을 흘려보냈다. 특히 아침은 아침 자체로서 인식한 적이 드물다. 등교하기 전의 준비 시간이나 출근의 의무를 실행하는 어떤 지점쯤일 뿐.

그런데 잊혀진 존재를 인식하는 방법 중 가장 직접적인 게 있다면, 그 존재의 탈주이다. 가령 도스토옙스키에게 아침은 언제나 그 자리를 지키는 조강지처 같았다. 그렇게 늘 변함없던 아침이 어느 날 갑자기 일그러진다. 그가 정치범으로 시베리아 형무소에 가게 된 때다. 그곳에서 이제 당신은 이 흔하디흔한 아침을 볼 수 없노라고, 아침의 존재가 그의 인생에서 완전히 탈주하려 할 때, 그는 그 아침을 더욱 또렷하고 간절하게 볼 수 있었다. 정말 간절히. 하나하나 살아서 그의 눈에 박히듯 그렇게. 그 후 그는 《죄와 벌》이나 《카라마조프 가의 형제들》과 같은 굵직굵직한 작품을 쓰게 된다. 자기 인생의 마지막 일 분 동안 또렷한 눈으로 자기 앞에 놓인 지금의 이 빛과 풍경을 보고 만지려 하면서부터다.

늘 흘려보냈던 아침들과 분명 동등한 시간대. 지금 여행자는 그 아침을 잡는다. 흘렸다면 그 한 방울까지 다시 담아 손으로 움켜잡고 그것을 응시하고 찬찬히 읽고 누린다. 일 년 만의 소풍을 나선 닥스훈트처럼 엉덩이도 흔들며.

부엌 창문으로 스미는 빛, 초록 나뭇가지, 팔월의 공기, 갓 튀겨낸 감자 칩, 시원한 맥주, 그리고 밥 말리. 평범한 날의 아침이다. 도스토옙스키의 마지막 일 분까지는 아니더라도 풍경 하나하나, 공기 하나하나를 일부러 만져 보고 느껴 본다. 아침 탈주를 통해.

그리고 아침의 맥주는 고아의 해변 외에도 인도양을 거슬러 올라 영국 글래스톤베리에 가 닿는다. 일 년에 딱 한 번. 몇천 명도 아닌 십오만 명이 모여 록과 자유의 공기를 마시는 음악 축제 글래스톤베리. 예매 사이트가 열리자마자 다운되는 상황에서 청춘들은 기적적으로 예매를 한다. 그런 끈기로 이곳으로 달려온 지 장장 40여 년이 됐다.

그 역사를 담은 다큐 영화 〈글래스톤베리〉(2006)에서 나오는 청춘의 인터뷰다. 그는 보험회사 직원이었다.

"무슨 일을 하세요?"

"보험회사에서 일해요."

"페스티벌과 보험은 별 관련 없는데……."

"제 진정한 모습을 찾으려고요, 그래서 왔어요."

고아를 찾은 청춘들과 비슷하다. 너무 익숙해진 나머지 마취적으로 살아왔던 시공간의 장막을 걷고 가슴의 시간대를 회복하려는 시도들이다. 사실 글래스톤베리의 아침은 그야말로 전쟁터다. 많은 사람들이 먹고 마시고 즐기다 보니 넘치는 쓰레기는 끔찍하며, 특히 아침의 화장실과 샤워실은 더욱 끔찍하다. 게다가 무대 맨 앞자리에서 공연을 즐기던 어떤 사람은 중간에 인파를 뚫고 나갈 엄두를 못 내 종

이 컵에 실례를 하기도 한다. 비까지 오면 흙이 범벅된 곳에서 텐트
생활을 하며 고된 일정을 이어간다. 그러나 그들은 온몸에 진흙칠을
하고도 활짝 웃는다.

탈주와 변경의 시공간 축제 글래스톤베리를 통해 그들은 무엇인가
를 찾았다고 한다. 그들이 웃는 이유다. "찾고 있었어요. 밤새 내내
고민했어요. 그리고 여기서 해답을 찾았네요. 그리고 그 불을 보았는
데 놀라운 불이었죠." 불. 변경의 시간대에서 찾아낸 불은 무엇일까?

일상 우주 여행자는 과감히 캔 맥주를 원샷하고 영화 〈글래스톤베
리〉에서 흐르던 이 곡, 핑크 플로이드의 〈셋 더 컨트롤 포 더 하트 오
브 더 선〉(Set The Controls For The Heart Of The Sun)을 듣는다. "태양의 마음을
움직여 봐" 하고 핑크플로이드가 노래한다.

태양의 마음. 어쩌면 글래스톤베리의 청춘이 밤새 고민해 해답을 찾
으며 봤다던 그 불이다. 산업 사회에 맞게 길들여진 시계 태엽의 마
음이 아닌 스톤 헨지를 창조했던 인간들이 갈망했던 태양, 그 태양을
닮은 마음. 자기 원형에 가까운 그 마음이다. 가슴의 시간대를 찾자
는 말이다. 하수구로 흘려버리던 아침을 똑똑히 보고 패키지 여행처
럼 삶을 찍어내던 아침에서 벗어나 자기 시간대를 창조해 누려 보자
고 노래한다.

새벽 댓바람부터 떠난 캔 맥주와 칩스 여행은 단지 맥주를 마시는 하
루쯤의 도피가 아니다. 도스토옙스키의 일 분처럼 흘렀던 시간의 방

울들을 찾아내고 핑크 플로이드의 노래처럼 태양의 마음을 움직이려는 작은 시도이다. 공공의 시간대를 허물고 익숙한 아침을 낯설게 하기. 바로 자기 내부 원형의 마음을 찾기 위한 주신제와 같다. 복제된 일상 너머의 시간을 창조하려는.

퇴근길 우주 여행,
티켓은 꽃 한 송이

/ 심미적 여행가는 일상을 예술 작품으로 빚어 내는 사람 /

여행자에게 꽃은 특별한 날을 축복하는 '수단'이 아니다. 아무 특별할 것도, 축하할 일도 없는 날이라면 더욱 더 들러야 한다. 동네 꽃가게를. 다만 퇴근길에 혹은 사사로운 볼 일을 보고 돌아서는 길에 한송이 꽃을 산다. 그 순간이 바로 영원을 손에 쥐는 순간이라고 영국시인 윌리엄 블레이크는 말한다.

> 사실 얼마나 먼 곳을 여행하는가,
> 여행에서 '거리'는 시선의 깊이 측정이다.

지구 반대편 아프리카 어느 미지의 장소에 가더라도 부족의 영감으로 가득 찬 돌들을 다만 바윗덩이로 본다거나 하는 불행을 겪는 경우라면 더욱 그렇다. 그보다 지나던 꽃집 앞에서 잠시 발걸음을 멈추고 한 송이 꽃에 새겨진 피보나치 수열에 진심으로 전율해 보는 쪽이 여느 여행 못잖은 즐거움일지도. 결국 어디를 가느냐만큼 중요한 건 어떻게 보느냐이다.

바로 이 심미안이야말로 일상을 여행처럼 살 수 있는 오일 뱅크다. 특정한 날 방문하는 미술관이나 아트페어에서만이 아닌 미를 생활로 끌어들일 줄 아는 여행자는 더 먼 곳으로 여행을 떠난다. 유럽과 아메리카를 넘어 인도, 아프리카, 그리고 더 멀리 카시오페아, 플레이아데스, 히아데스 성좌로까지.

작은 동네지만 두어 군데 있는 꽃집. 슈퍼마켓이나 시장에 잠깐 갔다 오는 길에 가볍게 꽃가게에 들러 꽃 몇 송이를 사는 일에 익숙한 사람. 큰돈 들이지 않고 한 송이에 천 원 하는 장미를 사는 일에 익숙한 미(美)가 그저 생활인 심미 여행자들. 이들은 소위 부자다. 부동산 부자들이다, 우주를 소유하고 누릴 줄 아는. 맨해튼에 펜트하우스를 소유한 부호에 뒤지지 않는다. 이는 가난한 자의 오기도 그럴듯한 자기 포장도 아니다. 그저 명징한 사실이다. 팩트!

사실 꽃은 우주다. 이 역시 아주 과학적이고도 분명한 팩트.

․ ․

무한을 손에 쥐고 걷는 퇴근길

아무 특별할 것도 없는 퇴근길. 일상 우주 여행자는 역 근처에 천막을 치고 갖가지 장미와 소국들을 쌓아 놓고 파는 노천 꽃집에 자주 들른다. 가격은 열 송이에 이삼천 원. 그러니까 한 송이에 이백 원인 셈이다. 이백 원. 정말이지 긍휼적이라 할 수밖에.

일상 우주 여행자는 열 송이나 되는 장미를 손에 쥐고 잠시 서서 황홀하게 그것들을 쳐다본다. 무려 열 송이라니! 이런 날이면 마치 올림푸스 신들의 만찬에 초대받은 기분이다. 인간으로서는 유일하게 만찬에 초대받은 여행자. 구김살 없이 신들의 자리로 들어가 당당히 한 자리를 차지할 수 있을 것 같다. 왜냐, 장미를 손에 쥐고 있지 않은가.

장미 한 송이가 품고 있는 지혜는 신들의 지혜 못지않다. 장미 안에는 태초 빅뱅에서부터 현재에 이르는 모든 우주 지혜가 고스란히 기록되어 있다. 익히 알려져 왔듯 한 알의 씨앗이 지닌 DNA엔 태초 빅

뱅부터 현대로 이어온 우주 정보가 가득하다. 그 양은 어마어마하며 바로 그 우주의 기억 덕분에 씨앗은 자신이 언제 피어나야 하며 성장해야 할지 미시적 단위까지 정확히 안다. 태양과 달과 별이 언제 어떻게 움직이는지도 알고 그에 따라 자기는 어떻게 반응을 보이며 그것을 어떻게 이용해야 할지 씨앗은 안다.

우주의 기억을 간직한 장미의 지혜. 그것이 내 손에 들렸다니 신들의 만찬에 응하지 않을 이유가 없다. 그런데 이 태고의 기억이 어디 장미뿐일까. 발 밑으로 굴러다니는 돌멩이 또한 그 사실을 모조리 기억한다고 한다. 지금 보이는 세상 어느 풍경이든. 우주의 기억을 간직하지 않은 건 거의 없다. 세상은 자체가 만 권의 책이다. 다만 여기에는 전제조건이 있다. 미를 일상 속에서 그저 익숙하게 즐기고 바라보는 심미안을 키우는 것이다.

물론 쉽지 않다. 그런데 인간이라는 존재가 불완전한데도 아름다운 이유는 바로 스스로를 훈련할 수 있다는 데 있다. 애당초 완전하여 우주 기억을 태어나면서부터 이어가는 장미와는 달리, 인간은 그것을 끄집어내기 전까지는 모른다. 내게 그런 양말이 있었단 말이야? 우리 집에 그런 접시가 있었어? 하는 식으로 집안 구석으로 밀려난 잡동사니 같은 것들을 다시 끄집어내는 것, 훈련하고 육성하는 것. 퇴근길에 장미 한 송이를 손에 쥐고 휘파람을 불며 걷는 이 작은 시도가 적게는 도움이 될지 모른다. 미는 그저 생활이다.

그리고 휘파람을 불며 조용히 걷던 여행자는 그곳에서 블레이크의 시를 떠올리곤 한다.

한 알의 모래 속에서 세계를 보며(To see a World in a Grain of Sand)
한 송이 들꽃에서 천국을 본다(And a Heaven in a Wild Flower),
그대 손바닥에 무한을 쥐고(Hold infinity in the palm of your hand)
한순간 속에 영원을 보라(And Eternity in hour).

- 윌리엄 블레이크, 〈순수의 전조〉중.

시인이자 판화가였던 블레이크는 1757년 런던에서 양말 제조업자인 아버지 밑에서 자랐다. 학교 교육을 제대로 받지 못했으나 열네 살 때 판화가 밑에서 일하면서 그림을 배웠고 그 뒤 유명한 판화그림은 물론 〈순수의 전조〉〈천국과 지옥의 결혼〉과 같은 신비시들을 많이 남긴다. 그리고 우리에게 익숙한 록밴드 '도어즈'(The Doors)가 있다. 사실 도어즈란 이름 역시 블레이크의 시 〈천국과 지옥의 결혼〉에서 가져 왔다. 제14장에 적힌 이 구절에서.

"만일 인식의 문(Doors of perception)이 깨끗이 닦인다면 모든 것들이 무한히 제 모습을 드러낼 것이다."

깨끗하게 닦인 인식의 문이라……. 결국 들여다보는 제 눈을 깨끗이 닦는다면 무한의 실재를 만날 수 있다는 건데……. 어쩌면 매 찰나 육

성해 온 감식안이 그 문을 여는 데 필요한 큰 힌트를 줄지 모른다. 한 송이 꽃에서 천국을 보고 자기 손바닥에 무한을 쥐고 걷는, 그 순간. 일상 우주 여행자는 집에 도착하자마자 소중히 꽃병에 꽃을 꽂는다. 하나는 아끼는 투명 꽃병에 꽂아 침실에 두고, 나머지는 하얀 도자

꽃병에 나누어 욕실과 서재에 둔다. 이백 원의 가치로 헤아릴 수 없는 경이에 찬 우주가 집안으로 들어왔다.

미는 아주 작은 것에서부터의 실천이고 생활인지 모른다. 특정한 날 방문하는 미술관에서만이 아닌 삶으로 끌어들여 미를 읽고 느낄 때, 일상 우주 여행자는 더 먼 곳으로 여행을 떠난다. 여행의 '거리'는 분명 시선의 깊이에 정확히 비례한다. 미를 감지하는 촉수가 자라면 자랄수록 여행자는 자기가 있는 그곳을 우피치나 뉴욕 현대 미술관 이상으로 만들 수 있을 것. 더불어 그 눈을 길러낼수록 좀 더 박진감 넘치는 여행, 여컨대 우주 항해를 떠날 가능성이 열릴지도.

심미적 여행가는 자신의 일상 자체를 하나의 예술 작품으로 빚어내려는 사람이다. 예술은 미술관에서 들여다봐야 할 것이 아니라 그 예술을 살아야 한다. 최고의 예술은 아름다움을 사는(生) 것이다. 사는(買) 것 이전에 사는(生) 것. 온전히 살아 숨 쉬는 것.

한 송이 꽃과 한 줌의 모래에 경탄하고 그것을 일상으로 끌어들여 누릴 줄 아는 여행자는 이미 천상의 펜트하우스를 지은 미켈란젤로다.

어린 왕자의 여우만이 아니라 시공간도 길들여진다는 사실.
길들여진 아지트에서 여행자는 서서히 껍질을 벗는다.
실존의 방에서 독립된 시간이 흐른다.

04 치유 여행

나만의 아지트 다락방 여행

"껍질을 벗는다. 껍질을 벗을 수 없는 뱀은 파멸한다."

— 니체, 《서광》 573절.

오래된 미래와 만나는
아지트 여행

/ 아지트 여행이란 나의 오래된 미래를 들여다보는 일 /

아지트를 길들이는 법은 의외로 간단하다. 우선 언제나 한곳 한자리에만 앉는다. 매일 가는 '그곳, 그 자리' 정하기는 자판기 커피를 뽑는 것만큼이나 간단한 일이면서 동시에 의미심장하다. 매일 비슷한 시간에 도착한 카페의 그 자리, 매일 타는 버스의 같은 좌석, 언제나 앉는 같은 위치의 공원 벤치, 한강 유원지의 똑같은 나무 아래 등 하나의 원칙 아래 생성된 장소에서는 독립적인 시간이 흐른다.

어린 왕자의 여우만이 아니라 시공간도 길들여진다는 사실을 아는가? 매일 가는 '그 자리'가 정해졌다면 다음 행동 수칙. 종량제를 실시할 것. 그곳에서만큼은 산업일꾼으로서 수행해 왔던 노동은 하지 않는다. 일체 하지 않는다. 산업도구로서 무언가를 찍어내던 일 대신 온전히 그 공간만을 느껴 보는 거다. '남이 원하는' 것들을 비우고 가벼워진다. 한마디로 쓰레기 종량제를 시행하는 셈. 그렇게 같은 공간에서의 휴식이 한 달이 되고 일 년이 되고 몇 년이 지난다. 그 사이 그곳엔 보이지 않는 투명한 막이 형성되어 그윽한 자궁으로 변해 있음을 느끼게 될 것이다. 그곳에서만큼은 산업 시스템으로부터 분리된 엄마의 뱃속 같은.

. .

오래된 미래 감식법

일상 우주 여행자는 출근할 때마다 같은 위치의 좌석에 앉는다. 목동과 여의도를 지나는 700번 광역 버스. 그곳 오른쪽 창가 라인을 따라 맨 끝에서 두 번째 자리. 오랜 아지트다. 처음엔 여행하는 기분이 들기도 해 탁 트인 끝자리를 선호하였는데 턱이 높아 내릴 때마다 번거로워 앞자리로 옮겼다. 그렇게 하루, 한 달, 그리고 만 칠 년이 흘렀다.

이사 와 지금 동네에 살고부터 이어간 칠 년간의 아지트. 산업 시스템으로부터 완전히 분리된 채 창밖을 보며 달렸던 칠 년간의 유랑. 이를 두고 다소 뻔한 비유지만 하고 싶은 말이 있다. 감히 '인생의 기적'이라고. 다행히 버스 종점 근처에서 타기에 그 자리는 대개 비어 있었고 여행자는 언제나 자기만의 방을 즐길 수 있었다. 그리고 그곳에서 사유하는 법과 오래된 미래를 보는 법을 배웠다.

칠 년간 누린 아지트 유랑은 간단하다. 늘 그 좌석에 앉아 잠깐 풍경을 바라보다 곧 눈을 감는다. 눈을 감는 거다. 그러면 특별한 영화가 상영된다. 지난 경험들이 하나하나 거대한 스크린에 투영되어 살아 움직인다. 곧이어 그림들은 회전목마처럼 돌기 시작한다. 빙빙 도는 목마 속 그림들. 그것들 중 대개가 스치듯 사라진다. 그런데 어떤 장면들에서는 강하고 깊고, 아주 중한 느낌을 받는다. 작가주의 영화에서 흔히 보는 명장면처럼.

무슨 이유일까? 잊혀지지 않는 명장면들. 대체 왜 사라지지 않을까, 이들은. 여행자는 아지트 유랑 내내 그들의 공통점을 곱씹어 본다. 두 눈은 꼭 감은 채. 그러다 한 삼 년 정도 지나 어렴풋이 무언가가 내게 왔다. 그것들은 진심의 순간들이었다. 또는 그와 반대로 상실 혹은 혼돈의 순간이기도 했다. 그리고 이들 간엔 속 깊은 공통점이 있는데, 대개가 내게 어떤 가르침을 주었던 순간들이었다. 진심과 환희의 순간이었든, 상실과 혼돈의 순간이었든. 거기엔 생의 비밀이나 특정 가르침 같은 것들이 숨어 있었다. 여행자는 요즘도 그 버스를 탈 때엔 어김없이 눈을 감는다.

이를 두고 혹자는 종교적·정신분석적으로 풀어 볼 수도 있겠지만 일상 우주 여행자는 실존 여행에 초점을 맞추고 싶다. 다행히 작은 다락방은 버스였고 무언가 산업적인 일을 처리하기엔 턱없이 어울리지 않는 장소였다. 엄청 다행이었다. 그 덕에 여행자 스스로 세운 이 원칙, 산업일꾼으로서의 일은 그곳에서만큼은 절대 금지도 지켜 나갈 수 있었기에. 버스에서는 오직 이 하나만 집중할 수 있었다. 진심 아닌 것들, 내 것 아닌 욕망의 장면들을 종량제 봉지에 넣어 버리는 일. 그러고 나서도 고요히 빛나는 경험의 몇 장면들을 모으고 쥔다. 바로 그 명장면들. 어쩌면 그것은 나의 '오래된 미래'인지 모른다. 앞으로 걸어가야 할.

아지트 여행의 핵심은 바로 그것이다. 자신의 오래된 미래를 '읽는 것.' 작가주의 영화란 게 흔히 그렇듯 이면을 보고 숨은 의미를 읽어가는 것. 물론 감독은 나 자신이다.

그리고 여행자에겐 다른 방이 하나 더 있다. 국립중앙 박물관의 '빨간 방.' 반가사유상이 놓인 3층의 독방이다.

움직이는 내 기억의 상영관을 들여다보며 지난날 종량제를 실시했던 곳이 버스 아지트였다면 현재의 비움이 필요할 때, 급히 종량제를 실시하고 싶을 때 찾는 곳이 바로 빨간 방이다. 이른바 치유의 아지트라고 할까.

그런데 북미 인디언들은 이런 치유의 아지트를 권유하고 또 트레이닝시키는 전통이 있다. 인디언들은 어려서 특정 나무와 친구 맺는 법을 배운다. 그리고 때때로 그곳을 찾아와 고민을 털어 놓는다. 하루 또 하루 고해성사를 하듯. 그렇게 오랜 시간 함께 지내다 보면 어느 순간 조용하던 나무 껍질이 살아 있는 동물의 피부처럼 꿈틀거리는 것을 느낀다고 한다. 나무에서 새싹 돋는 소리까지 들리기 시작하며 나무 속에 살던 벌레들이 꿈틀거리는 모습까지 목격한다고 한다. 오랜 세월 서로를 나눈 이 관계는 어른이 되어서까지도 꾸준히 이어간다. 그러면서 인디언 아이는 나무를 자기와 동일시하며 침묵하는 법과 귀를 여는 법을 배워 나간다. 침묵과 고해성사를 통해 인생에 귀를 기울이는 법을, 동시에 자기 자신에게 기울이는 경험을 갖는 것이다. 이와 같은 치유의 아지트는 비단 인디언 소년의 나무만은 아닐 것이다. 우리 동네 은행나무가 될 수도 있고 전봇대나 공원 벤치가 될 수도 있다.

장소와 친교를 맺고 침묵과 귀를 여는 법을 배우는 사이 그곳은 각자 치유의 아지트가 된다.

일상 우주 여행자는 갈림길에 놓일 때면 국립중앙 박물관의 '빨간 방'을 찾는다. 그곳은 독방이다. 수많은 유물들이 전시된 다른 방들과 달리 3층의 빨간 방엔 오직 반가사유상 하나만이 놓여 있다. 온통 붉은 사방 벽으로 둘러싸인 빨간 방. 그곳에 하나의 작품, 국보 반가사유상이 놓였다. 슬림한 83호 반가사유상과 화려한 보관을 쓴 78호 반가사유상. 이 둘이 몇 개월에 한 번씩 번갈아가며 그 방을 홀로 차지하고 있다.

중앙에 놓인 사유상 앞엔 검은색 소파가 하나 길게 놓였는데 그 가운데 자리가 바로 여행자의 아지트다. 그곳에 앉아 있으면 붓다가 붓다이기 이전 인간 싯다르타와 독대를 할 수가 있다. 그리 넓지 않은 전시실, 그 사각의 빨간 방에 앉아 생의 비밀을 알아버린 그의 미소를 바라보며.

많은 사람들이 오고 간다. 숱한 사람들이 떼를 지어 들어왔다 나갔다, 몰려왔다 사라졌다, 주기적으로 찾아오는 이곳. 주요한 유물인만큼 언제나 단체 관람객들이 우르르. 이삼 분에 한 번씩 썰물처럼 들어와 바삐 빠져나간다. 물론 그들이 빠져나간 뒤에도 여행자는 여전히 중앙 소파에 앉아 있다.

무엇보다 이 모든 모습을 가만히 지켜보고 있는 태자의 미소도 오롯이 남아 있다. 살며시 오른손을 턱 끝에 괴고 오묘하게 번지는 미소를 일관하며.

그 모습들을 지켜보며 몇 시간이고 앉아 있다 보면 시간의 흐름이 서서히 구부러지는 듯한 느낌이 든다. 망상의 시간이 걷히고 난 뒤 ― 진실 혹은 실재의 ― 얼굴을 살짝이 드러내는 야릇한 느낌. 왔다가 사라지는 찰나적 그림들이 치워지고 나면, 오롯이 남는 어떤 전체적 시간과 같은. 이른바 그곳에서의 여행은 시간의 종량제다. 쉽고 가변적이고 유행적으로 쫓았던 순간들을 훌훌 털어버릴.

복작거리던 기억의 무리가 사라지고 난 뒤에도 오롯이 남아 있는 태자의 표정은 또 볼 때마다 새롭고 위로가 된다. 그러나 시원하게 드러난 싯다르타 태자의 발바닥만큼 힘찬 응원이 또 없지. 아직 출가하기 전의 인간 싯다르타의 탱글탱글 생동하는 발바닥.

그렇다. 태자는 왕이 될 자신의 옷을 버리고 맨발로 왕궁에서 걸어 나왔다. 그는 무량수만큼이나 반복해 왔던 희로애락의 껍질을 다시 반복하고 싶지 않았다.

그 길은 자기의 '오래된 미래'가 아니라고 예감했던 것이다. 그리고 버렸다. 왕이 될 옷도, 예쁜 아내도, 귀여운 자식도, 왕궁도, 부도, 땅도.

그러니까 이 빨간 방엔 태자라는 한 인간이 있다. 그리고 싯다르타라는 여행자가 있다. 이제 막 자신의 '오래된 미래'를 읽어 버린, 그리고 곧 그 풍경으로 길을 떠나게 될.

일상 우주 여행자는 여행자의 대선배격인 태자의 편안하고 달관적인 미소를 오롯이 지켜본다. 싯다르타와의 독대. 그와 나 사이 깊은 침묵이 흐른다. 이천 년을 통과한.

어쩐지 아주 편안하다. 내가 나 자신이지 않은 것들, 그것이 왕의 옷이라고 한들 훌훌 털어버린 아주 쿨한 인생 선배 아닌가, 그는. 붓다가 씨익 하고 웃으며 응원이라도 보내주는 듯하다. 네 길을 가라, 하고. 그러니까 말야, 너의 오래된 미래, 그 길을 가라고.

누구라도 그곳이 어디든, 자기 맘을 읽고 또 보여 줄 작은 공간 하나쯤 마련한다는 건 긴 여행 중에 들르는 주유소를 확보해 두는 건지 모른다. 치유의 아지트란 어쩌면 머나먼 여행길에 있어 리필(어쩌면 리셋이란 말이 더 정확하겠지만)이 가능한 무한 연료를 구비하는 것.

한강의 나무 아래에서
셰익스피어 배케이션

/ 모든 방학은 고래를 찾아 나선 항해 /

이런 방학도 있다. 셰익스피어 배케이션. 직장인들에게 "이봐, 일주일간 셰익스피어를 좀 읽다가 오지?" 하는 식으로 주는 유급 휴가, 이른바 독서 휴가다. 꿈같은 이야기가 영국의 빅토리아 시대에 실제로 있었다. 삼 년에 한 번씩 여왕이 직접 공직자들에게 부여한 독서 휴가. 한 달이라는 휴가 동안 그들의 임무는 셰익스피어 작품 중 다섯 편을 읽는 것이다. 그리고 돌아와 독서 감상문을 제출한다. 이 휴가를 두고 사람들은 셰익스피어 배케이션이라 불렀다.

사실 이 휴가는 영국뿐 아니라 우리나라에도 있었다. 조선의 현명한 임금 세종은 젊은 선비들에게 사가독서(賜暇讀書)라는 긴 휴가를 주어 느긋이 책을 읽게 했다. 그러고 보면 이른바 전성기를 누렸던 동서양의 현명한 지도자들이 독서 휴가를 국정으로 끌어들인 셈이다. 일주일이고 한 달이고 나랏일에서 완전히 벗어나 독서의 즐거움에 푹 빠지도록 한 꿈같은 방학.

그리고 여행자는 스스로에게 셰익스피어 배케이션을 명한다. 방학도 좋고 휴가도 좋다. 아니면 짧은 주말이라도. 하지만 가능하면 일주일 이상 아껴둔 휴가를 한 번에 몰아 빅토리아 시대의 공직자들이 누렸던 독서 방학을 닮아 보는 것도 좋으리라. 장소는 자기 방이나 동네 카페 어디든 좋겠지만 이왕이면 사방이 탁 트인 풀밭 위라면 더할 나위 없이 좋다. 풀밭에 널찍한 돗자리를 펼치고 그 위에 배를 깔고 누워 운명의 책과 친밀한 조우를 만끽한다.

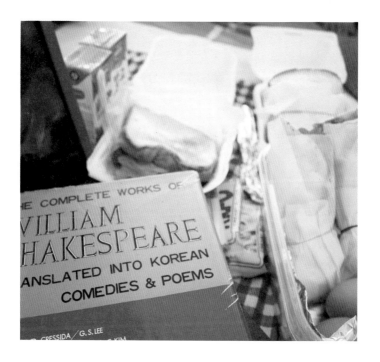

여행자 개인적으로는 셰익스피어 배케이션을 보낼 곳은 딱 한군데다. 한강의 키 작은 나무 아래. 63빌딩을 오른쪽으로 끼고 여의나루 3번 출구로 걸어 나와 보이는 잔디 위. 거기에 낮고 우아하게 팔을 벌리고 선 나무가 한 그루 있는데 그곳이 열락의 지점이다. 키 작은 그 나무와는 벌써 삼 년째 우정을 나누고 있다. 그 나무 아래 앉으면 강물의 물결을 솔찮이 구경하는 동시에 해질 무렵 고개만 살짝 돌려도 정면으로 지는 해의 장관을 만난다.

그러나 진짜 이유는 멋진 풍광보다도 아늑하게 맞아 주는 녀석의 그림자 우산에 있다.
일하다 한강으로 걸어 나와 잠시 숨을 돌릴 때면 녀석은 언제나 작은 키로 포근하고 널찍한 그림자 우산을 만들어 준다. 여행자는 녀석에게 '미셸'이라는 이름도 붙여 주었다. 레오 카락스의 히로인 미셸일 수도 비틀즈의 미셸, 또 누군가의 미셸일 수도 있지만 여행자와 만나는 순간만큼은 나의 미셸이다.

본격적으로 가방을 싼다. 피크닉 가방 안에 가장 먼저 셰익스피어의 초상화와 그의 《소네트》부터 챙겨 넣는다. 그리고 메인 메뉴가 될 불멸의 고전 한두 권. 여행자는 잠시 호메로스와 멜빌 중에 고심하다 시원하고 탁 트인 한강 아지트와 어울릴 멜빌의 《모비딕》으로 선택한다. 그리고 두 권 사이에 머리를 식혀 줄 스티븐 킹의 스릴러와 홈메이드 청량음료 같은 추억의 만화책도 잊지 않는다. 이렇게 되면 일주일쯤은 다시 가방을 싸지 않아도 될 정도로 충분한 식량이 마련된다. 여기에 약간의 쿠키와 참치 샌드위치, 스파클링 애플 주스와 홍차까지 골고루 준비한다. 맥주와 치킨, 혹은 와인과 크래커를 곁들여도 산뜻한 방학을 맞을 수 있다.

폭신한 잔디를 지나 홀로 고고히 서 있는 나무 '미셸'에 도착한다. 미셸 녀석은 잊을 만하면 찾아오는 이 키 작은 여행자를 눈여겨보고 있을 것이다. 녀석의 그림자 아래에서 피크닉 가방을 연다. 가방의 내용물은 예상했듯이 이렇다.

– 미셸과 보낼 셰익스피어 배케이션을 위한 계획서.

– 에피타이저: 셰익스피어 《소네트》.

– 메인 코스: 멜빌의 《모비딕》^(백경).

– 홍차 또는 스파클링 음료: 스티븐킹 & 추억의 만화책.

정오의 햇볕이 일정하게 네 권의 책을 비춘다. 푸짐한 이 양식이 풀밭 위에 부채꼴 모양으로 먹음직스럽게 펼쳐져 있다. 아마도 빅토리아 시대의 어느 귀족은 이렇게 방학을 시작했겠지.《헛소동》《존 왕》《헨리 3세》《햄릿》《리어왕》등의 주옥 같은 셰익스피어 작품들 앞에서 잠시 흔들렸겠지만 결국엔 반드시 이것을 먼저 펼쳐 들었으리라. 154개의《소네트》부터. 어쨌든 즐거운 방학이니까.

쿠키 하나를 베어 물었다.《소네트》1번이 들어왔다. 많은 이들의 오해가 셰익스피어의 소네트라 하면 순결한 영혼을 노래한 플라톤적 사랑의 시어일 것이라는 기대다. 그러나 1번은 이렇게 시작된다.

"아름다운 사람에게서 번식(잉태) 을 바람은, 미의 장미를 죽이지 않
게 하려 함이라."

쉽게 말해 끊임없이 성애를 누리며 그 미를 대대손손 이어가야 한다
는 것. 이를 시작으로 154개의《소네트》내내 한 목소리를 반복한다.
사랑하고 SEX하고 불멸하자. 한마디로 팽팽한 젊음을 아끼지 말고
불멸적일 만큼 뜨거운 성애를 누리라는 당시로서는 아주 파격적인
시를 쓴 셈이다. 좀 의외다. 게다가 셰익스피어의 성해방주의는 여기
서 멈추지 않는다.《소네트》속에 나오는 구애의 대상은 두 명이었는
데 한 명은 흑인 여자였고 또 다른 한 명은 남자였다.

키득거리며《소네트》를 읽다 살며시 고개를 드니 한강 잔디밭 위엔
천 가지 표정의 연인들이 배수진을 치고 있다. 셰익스피어 시대나 지
금이나. 수천 년이 흐른 이 잔디밭 위에서도 여전하다. 그래서 그의
소네트는 불멸적이다.

그리고 19세기 미국의 한 도서관. 여기에 셰익스피어의 바다에 푹 빠
진 스물아홉 살 젊은이가 있다. 그의 표현대로라면 '신성한' 셰익스
피어가 있었기에 그는 자기 소설을 쓸 수 있었다. 그의 이름은 허먼
멜빌. 그는《모비딕》을 집필할 당시 셰익스피어를 읽고 또 읽었다고
한다.《리어왕》《아테네의 타이먼》등을 읽을 때면 최면상태에 빠질
정도였다고 하고, 특히《리어왕》의 음산한 대목은 몇 번이고 닳도록

읽었다 한다. 실제로 포경선을 타고 작살잡이를 해 왔던 그는 자신의 경험에 셰익스피어풍 수사를 섞어 멜빌 특유의 장중한 서사 문체를 완성한다. 그렇게 방대한 양의 《모비딕》이 태어났다.

여행자는 참치 샌드위치를 입에 물며 백과사전만큼이나 두꺼운 《모비딕》의 하드 커버를 연다. 《모비딕》.

소설 두께는 엄청 나지만 이야기는 아주 간단하다. 집채만 한 고래 모비딕(백경)을 쫓는 외다리 선장 에이허브의 집요한 추격전. 모비딕을 찾아 대서양에서 인도양으로, 다시 태평양으로 항해를 계속하는데 이 두꺼운 소설 중후반 넘어가도 정작 모비딕은 나오지 않는다. 그리고 소설 막바지쯤에 이르러서야 고래는 돌연 모습을 드러내고 사투 끝에 선장은 작살을 명중시킨다. 그러나 그와 동시에 에이허브 선장 역시 바다에 빠지고 피쿼드호도 완전히 침몰한다. 그리고 유일하게 살아남은 이스마엘이 이 비극을 독자들에게 전달하는 것이다.

여행자는 잠시 눈앞의 강물을 쳐다보며 맥주로 간단히 목을 축인다. 불멸의 첫 문장을 세 번째로 읽기 위함이다. 미국에서 실시한 최고의 소설 첫 문장 베스트에서 《모비딕》은 마르케스, 톨스토이, 제인 오스틴을 제치고 1위를 차지했다.

소설은 이렇게 시작한다. "나를 이스마엘이라 불러주오."

이스마엘은 창세기에서 아브라함의 서자로 태어나 이삭에게 적자의 자리를 빼앗기고 세상을 떠도는 추방자, 방랑자, 이방인이라는 뜻이

다. 그런데 이 첫 문장이 그토록 사람들을 매료시킨 건 '나는 이스마엘이다'도 아니고 '나는 이스마엘이었다'도 아닌 '나를 이스마엘로 불러달라'고 한다는 점. 기존 이름이 어찌 되었든 간에 지금부터 자존적 이름을 다시 달겠다는 일종의 선언인 셈이다. 그렇게 항해가 시작한다.

그리고 이어지는 장장 135장으로 이루어진 운명의 항해. 그 배엔 여러 명이 탔지만 무시무시한 모비딕과 마주해 유일하게 살아남은 자는 단 한 명, 이스마엘. 왜일까?

여기에 운명을 다루는 비밀이 있다고 여행자는 예감한다.

• •

운명의 항해. 그 비밀, 미치도록 하고 싶은 것

여행자는 이쯤에서 하드 커버를 덮고 강을 쳐다본다. 구불구불 물결이 이는 강의 흐름을 가만히 응시한다. 강은 정확히 제 길을 따라 흐른다. 거대한 흰 고래 모비딕은 다각도로 해석할 수 있지만 그것은 거대한 심연의 세계, 인간 의식 밖의 무의식의 그림자이며 '운명'이다. 인간은 작은 돛을 이리저리 움직이며 흰 고래(운명)를 찾아 헤맨다.

그런데 그 항해엔 두 가지 방향이 있었다. 하나는 운명을 찾아 작살을 꽂거나 정복하기 위해 쫓았던 항해였고, 나머지 하나는 단지 그 운명에 가슴이 뛰도록 이끌려 찾아 나선 항해였다. 그런데 운명은 후자에게 손을 들어준다. 운명의 항해는 이를 악물고 쫓아 결의적으로 분투하고 정복할 무엇이 아니다. 멜빌이 제시한 운명의 항해, 그 비밀은 이방인 이스마엘에 있다.

그 답은 이렇다. "나는 아무 바랄 것이 없어요." 단지 바다에 이끌려 항해에 나섰던 이스마엘. 그저 바다가 좋아 물 흐름에 따라 저절로 항해에 들어섰을 뿐이었다. 그뿐이었다. 거대한 모비딕을 찾아 내 욕망의 작살을 꽂고 그것을 정복하려는 대신 이스마엘은 어떤 이윤도, 명분도, 붙이지 않고, 아무 바랄 것 없이 단지 어떤 끌림에 의해 배를 탄 유일한 사람이었는지도 모른다.

오직 숫자를 버리고 가슴과 진심을 따라 추는 춤. 운명을 항해하는 비밀은 바로 거기에 있다.

고개를 들어 옆을 보니 둥근 태양이 주홍색 알사탕처럼 빌딩 옆에 떠 있다. 하루가 지려 한다. 한강 나무 아래 사가독서의 하루도 지나간다. 평소 근처 사무실에서 짬이 나면 걸어 나와 앉았던 곳이다. 미셸이 만들어 준 그림자 우산 아래서 어느 날에는 니체를, 어느 날에는 인도 경전을 읽었고, 또 김수영을 읽었다. 여전히 고요히 흐르는 강. 물론 아무것도 바뀌지 않았다. 그렇다면 빅토리아 시대 사람들은 방학을 마친 뒤 어떤 모습으로 돌아갔을까? 그들은 가서 무엇을 고했을까. 사람마다 달랐겠지만 공통적으로 그들은 책의 바다에서 어떤 보이지 않는 고래의 얼굴을 찾으려 했을 것이다.

셰익스피어 배케이션은 바로 그 고래를 찾아 나선 항해이다. 책의 바다에서 자신의 운명, 각자의 고래를.

그 항해를 두고 멜빌은 말한다.

"가슴 뛰는 운명을 잡아라. 그리고 그 운명의 배에 저절로 몸을 맡겨라."

운명을 찾아 내 작살을 꽂는 에이허브 선장식 집념도 좋지만, 사뿐하고 즐겁게 배에 올라탄 이스마엘처럼. 에누리 없는 마음으로 단지 좋아서 그렇게.

살아남은 자는 딱 한 명, 이스마엘뿐이었다.

옥상 일출 여행,
니체처럼!

/ 옥상 서광 놀이는 일종의 아침 목욕 /

진실로 자기 집 옥상에서 해맞이를 하는 것만큼 신나는 소풍도 없건
만 아쉽게도 이를 기억하는 이는 드물다. 일출 여행. 보통 한 해가 끝
나는 시점 부랴부랴 정동진이나 호미곶 티켓을 끊는다. 그리고 그날
밤이나 새벽 기차나 승용차를 타고 달려가 맞이하는 새해 첫 일출엔
많은 이들이 적극 동참하긴 하지만 말이다. 이 역시 아주 뜻깊다. 무
엇인가 아주 큰일을 해 낸 기분도 들고.
이 태양이란 건 일 년에 한 번, 특히 정초에 스페셜하게 떠오르는 것
이 아니라 매일, 그것도 누구나의 집 위로 떠오른다. 여행사의 특정
이벤트완 무관하게, 단 하루도 게으름을 피우지 않고 조건 없이 떠오
른다. 아주 충실히.

도시인들이야 지순한 이 태양을 새삼 숭고하게 맞는 이가 드물지만 몇몇 소수 민족들은 여전히 그리고 배낭 여행자들에게 친숙한 인도 인들만 해도 많은 이들이 아침 해의 장관에 젖어든다. 매일 하는 갠 지스 아침 목욕처럼 말이다. 바라나시에서는 많은 이들이 갠지스 강 물 목욕과 함께 일출 서광으로 온몸을 씻는다.

일상 우주 여행자는 바로 이 아침 해로 씻는 서광 목욕을 내 집 옥상 으로 끌어들인다. 여름날엔 늦어도 새벽 네 시 반 정도에 출발하는 편이 좋다. 자고로 즐거운 옥상 서광 놀이의 출발은 무조건 새빨간 어둠 속에서 시작해야 하기에. 해가 뜨기 전 컴컴한 계단을 올라 옥상 문을 연다. 어두운 암청색 도시 하늘. 물론 주변에는 아무도 없다. 늘 그렇듯 성실히 뜨는 태양은 도시인의 관심 밖이니.

누구도 해가 뜨는 일에 값을 지급할 필요가 없다는 것. 어쩌면 바로 이 현실이 일출의 값어치를 떨어뜨린 건 아닐까 생각한다. 만일 옥상의 일출 장면이 감히 범접할 수 없는 고가의 여행 상품이었다면 거기서부터 판타지가 형성된다. 저 멋진 옥상 일출, 언젠가는 꼭 경험해 보고 말 거라는 식의 드라마 같은 로망이.

사실 모든 해가 공짜이기에 굳이 부족한 잠을 쪼개가며 올라와 쳐다볼 의욕이 사라져 버린 거다. 이상하고 신기한 자본의 나라에서는.

그러나 일상 우주 여행자는 바로 이 관심 밖의 세계, 미끼를 던지지 않아도, 값을 지급하지 않아도, 묵묵히 제 일을 치르는 미소(微小)한 세계. 바로 그 세계를 여행한다.

몇 번인가 강조했지만 여행자도 그리고 여행지도 조그만 변화와 감식안만으로 지금 있는 자리에서 충분히 경작되고 키워질 수 있다. 아름다움을 살펴보는 풍경 독서력, 바로 이 심미안을 재료로 말이다. 다만 초등학교 때 깜빡하곤 했던 과학 실험 준비물처럼 까맣게 잊고 산다는 게 난제지만.

그래서 틈만 나면 이 감식안을 깨우고 트레이닝해 주면 나쁘지 않다. 그럴 때 옛사람들의 경험들이나 이국의 상반된 가치가 여행자의 일

상을 깨우는 데 상당한 도움이 된다. 그래서 여행자는 옥상 서광 여행에 나설 때면 늘 한 사람의 벗과 함께 떠나곤 한다. 아침 노을을 열렬히 사랑했던 철학자 니체와.

일찍이 누구의 관심 밖에서도 묵묵히 제 길을 걷던, 일상 우주 여행자의 오랜 선배 프리드리히 빌헬름 니체.

니체는 말년엔 거의 매일 바이마르 집 언덕 위로 솟는 태양을 바라보며 아침을 맞았다. 자신의 저서 중 가장 애정이 가는 책 역시 《서광》(曙光)과 《즐거운 지식》이었노라 회고할 정도로 이 어둠을 뚫고 떠오르는 해와 니체 철학은 빼놓을 수 없는 관계다.

특히 훗날 정신착란과 지병이 악화되어 어머니의 보호 속에 있던 그는 늘 하얀 잠옷 같은 블라우스를 입고 두터운 콧수염이 달린 턱을 세우며 매일매일을 새날처럼 아침을 맞았다. 말년의 그는 이미 아이가 되었으니까.

광장에서 채찍질을 당하던 가련한 말의 목을 잡고 꺼이꺼이 울며 쓰러진 날 이후 니체는 마비성 정신 장애라는 진단을 받고 어머니와 함께 언덕 위에 있는 저택에서 지낸다. 이렇게 아이의 마음을 갖기 전까지 니체는 사자의 발톱으로 기존의 도덕, 철학 체계를 부수는 데 전념했다. 그의 주된 목소리는 이러했다. 진심과는 거리가 먼 도덕적 가식을 버리고 의무에 대한 복종자가 아닌 생의 주체자로서 스스로 가치 정립을 해 나가자. 니체는 그렇게 망치를 들고 소크라테스 이후 서양 철학, 특히 평범한 대중으로 대량 생산하려는 '낙타 길들이기' 같은 도덕률의 결함을 강하게 두들겼다. 망치를 들고 기존 도덕을 갈

아엎으려고 두들기니 주변 사람들이 좋아할 리는 없고, 그러다 보니 그는 줄곧 홀로 자기 우물을 파야 했다.

여기저기 부수고, 어디로 갈 것인가 생각하며 슬슬 니힐리즘에 빠질 뻔한 어느 날, 그때 그는 서광의 빛을 경험한다. 1881년 8월이다. 주변 사람들과의 불협화음으로 건강까지 최악으로 치닫던 시기. 그는 최악의 상태에서 스위스 엔가딘 골짜기 마을 실스마리아를 산책하다 서광의 빛을 발견한다.

그리고 여기는 여행자의 옥상. 실스마리아의 뾰족 산을 바라봤을 니체의 눈을 떠올려 본다. 동트기 직전의 어둠. 서둘러 옥상을 찾는 건 바로 이 때문이다. 한밤중의 어둠보다 동트기 직전의 어둠이야말로 가장 짙고 깊다. 새벽 네 시 반경의 어둠은 숨이 턱밑까지 차올라 수면을 박차기 직전의 수영선수 같다. 검다기보다 오히려 새빨간 어둠. 그 어둠을 만지며 옥상 위에 서서 서광을 기다린다.

이 과정은 어쩐지 청춘의 얼굴을 닮았다. 빛을 잉태하고 있는 이 칠흑 같은 심연의 상태. 이를 두고 혹자는 성장이라 일컬었고, 하이데거는 '빛나는 어둠'이라 은유했지. 그래서다. 이 서광 체험인 옥상 여행을 두고 여행자는 우물 효과라고 부르고 싶다.

내공, 자기 우물 깊게 파기. 니체와 함께 떠난 일출 놀이는 그 힘을 기르는 과정이기도 하다. 치유와 잉태의 과정.

. .

서광 여행, 혹은 힘에의 의지

인간은 자기 배꼽 주변으로 존재의 우물을 파야 한다. 그 우물은 내
공으로 통한다. 시키는 대로 사는 것이 아닌 생각하는 대로 살 수 있
도록 내공이 투영된 자기만의 우물을 만들어야 한다. 아메바적 성격
은 세계의 자기 보호 본능이기도 한데, 그래서 자신과 똑같은 얼굴의
인간을 양성하길 즐긴다. 똑같은 시기에 대학을 들어가고 졸업을 하
고 직장을 잡고 결혼을 하고. 같은 질서와 같은 생각을 지닌 아메바
분열. 그 위협에서 벗어나 보다 자기 자신에게 가까워지기 위해서는
바로 우물의 시간이 필요하다. 자기 배꼽 주변으로 판 존재의 우물.
그 안에서 침묵과 사색과 탐구와 모험을 따르는 시간이.

나무는 높게 밝은 곳으로 올라가면 올라갈수록 뿌리는 점점 강하게
땅 속으로 향하던 니체의 말처럼 심연의 단단한 뿌리는 그래서 중
요하다. 자기 자신의 얼굴에 가까운 나무로 스스로를 키우려면. 더
높게, 더 활짝. 그래서 평범한 날의 하루쯤은 친구 니체와 올라와 어
둠 속에서 가만히 현재의 내 모습을 들여다본다. 혹시나 말 잘 듣는
낙타로 대량 생산하려는 '낙타 길들이기' 같은 함정에 빠져 사는 건
아닌지. 들여다보는 거다, 가만히. 이것은 니체의 서광 체험이며 동
시에 일상 우주 여행자의 옥상 서광 여행이다. 여행자는 컴컴한 옥상
위에 서서 시간의 변화를 감식한다. 깊이 잠든 세계의 리듬과 흥에
어울려 마치 우주와 줄타기를 하듯.

그리고 2012년 8월 10일, 음력 6월 23일, 05:44. 정확히 해가 지표면에 닿았다. 더 정확히는 여행자의 동네 지구 표면이 태양을 스쳤다. 도심의 건물에 가려 얼굴은 보이지 않았지만 태양 가까운 쪽의 연블루 하늘에서는 지상의 아침을 위한 홍색 축제가 벌어졌고 광막하기만 하던 공기에 레몬 향기를 피워 냈다. 맡으면 꼭 열대 과일향이 날 것 같은 옥상의 아침. 단감처럼 물든 하늘 주변으로 세상은 조금씩 하얗게 변해 간다.

그리고 약속이나 한 듯 온 동네 새들이 지저귀기 시작한다. 놀라울 정도로 청명하게. 아, 어쩌면 이 느낌인 걸까. 그때 "아모르-파티"(운명애[運命愛], amor fati)라고 니체는 외쳤지. 다시 떠올리는 실스마리아 뾰족산 앞에 선 니체의 눈동자.

당시 그는 일 년 중 118일을 발작에 시달리던 시기였다. 생리적 쇠약, 누구와도 교감할 수 없는 고독, 그런 상태에서 니체는 오롯이 솟은 뾰족 산을 바라보며 영겁회귀를 예감한다. 니체 철학의 핵심이라고 할 수 있는 이것, 생각보다 간단했다.

· ·

지금 이곳이 아니면 어디서도 행복할 수 없다

그는 역시 일상 우주 여행자들의 선배였다. 이곳이 아니면 그 어디서도 행복할 수 없다. 사실 이 진리는 단지 철학적 논리에서만 나온 결론이 아니다. 니체 자신이 수년 동안 철학, 과학, 신학을 섭렵하며 통합하여 내린 결론이었다. 그는 영겁회귀만 한 과학적이고 실증적인 결론이 없다고 확신한다. 모든 에너지는 사라지지 않으며 반드시 어떤 필연적인 힘으로 한곳에서 다시 만난다. 그렇게 존재의 영원한 모래시계는 반복에 반복을 거듭한다《즐거운 지식》 341절).

그렇다면, 그렇다면 니체는 이렇게 생각한다. '그렇다면 다시 한 번! 이 거미도, 달빛도, 지금 이 순간도, 지금의 나 자신도 똑같이 회귀해야만 한다면 그것을 기꺼이 긍정하리라'라고. 사뿐히 그렇게 그는 운명애의 결론에 도달한다.

여행자의 옥상 서광 놀이는 일종의 아침 목욕이다. 하루쯤 컴컴한 그 어둠 속에서 가만히 내 현재를 들여다보고 아침 해로 정신 구석구석을 씻어내는. 먼저 어둠의 옥상에서 니체의 동글동글하고 총명한 눈

망울을 떠올려 본다. 지금 이 순간도, 지금 나 자신의 현재도, 어떤 필연의 힘으로 똑같이 회귀하고 치러내야만 한다면, 그것을 기꺼이 긍정하리라던 니체의 눈동자를. 그리고 반짝 솟은 아침 노을 속에서 목욕한다. 불필요한 껍질을 훌훌 벗는. 물론 목욕비는 0원. 내 집 옥상인데다 이 태양은 언제나 공짜니까.

창가 화분에서 찾은
샹그릴라 치유 여행

/ 한 줄기 초록 잎에서 샹그릴라를 보다 /

자그마한 정원에서부터 이 여행은 출발한다. 정원이 널찍한 앞마당이라면 더할 나위 없겠지만 조그만 화분 하나를 책상머리나 창가 한쪽에 두는 것만으로도 충분하다. 문은 이미 열렸다. 전설 속의 에덴 샹그릴라로 가는. 게다가 그 문은 언제나 열려 있다. 만물의 그 책을 읽을 수만 있다면.

일상 우주 여행자는 매일 아침 한 포기 뿌리식물과 눈을 마주한다. 그러면서 동시에 거대한 산맥을 엿본다. 북아메리카 남북으로 뻗은 대산맥 로키를 보기도 하고, 남미의 등뼈 안데스 산맥이나 인도 히말라야 산맥의 성스러움을 목격하기도 한다.

뿌리식물은 모든 산맥의 태반이다. 그리고 어쩌면 신들의 언어로 기록된 비밀 책장일지도 모른다. 아래로는 어둡고 습한 암흑의 땅을 탐

험하며, 위로는 태양의 정기를 흡수해 한 알의 창조를 실현하는 그들은 음양의 비밀을 터득한 신들의 비밀 기록이다. 다만 터무니없이 똑똑한 현대 사람들은 언젠가부터 귀를 닫았고 이 만물의 책 읽기를 포기했다. 더 정확히는 그것을 해독할 태초의 언어이자 원시언어로 알려진 '아담의 언어'를 잃어버렸다.

유대계 독일 철학자 발터 벤야민의 언어철학을 보면 아담의 언어와 바벨의 언어에 대한 사유가 나온다. 바벨탑 이전의 원시언어는 말과 동시에 곧바로 사물의 본질을 지각한다. 한마디로 말을 듣는 즉시 누구나 그것의 본질을 흡수하는 것이다. 오해도 불신도 없이 만물의 핵심을 담은 그 언어는 '말을 한다'라는 표현보다는 오히려 '그 말이 된다'라는 쪽이 이해가 빠르겠다. 그것은 온전히 단어를 느끼고 그것과 동일시되는 것을 말한다. 인류학자 프레이저의 유명한 저서 《황금가지》에 따르면 고대의 인류는 추수를 할 때 곡식이 낫에 베이는 순간, 지르는 비명소리를 들었다고 한다.

원시의 이 언어는 영어 'A'도 아니고 한글 'ㅏ'도 아니며 아랍어 'ｊ(알리프)'도 아니다. 그 단어가 불리고 듣는 순간 이미 곡식과 일체화되고 곡식의 상태를 느껴 버리고 마는 그것은 어떤 힘, 직관과 텔레파시에 가깝다.

이처럼 곡식의 비명소리를 듣고 그것이 되어 버리는 직관적 커뮤니케이션을 벤야민은 아담의 언어라 표했는데 이는 인류가 바벨탑을 쌓기 전 에덴에서 쓰던 아담의 언어를 비유한 것이다. 인류의 자만이 극에 달한 바벨탑 사건 이후 신의 노여움으로 인간은 에덴의 원시언어를 잃고 만다. 그리고 더 이상 자연은 침묵하고 말을 걸어오지 않는다.

· ·

귀머거리로 출발하는 모험에의 권유

하지만 여행자란 본시 모르는 언어의 땅에 반벙어리 상태로 걸어가는 법이다. 신은 인류에게서 아담의 언어를 뺏았지만 여행의 권리마저 실격시키지는 않았다. 자신의 기호 영역에서 벗어나 전혀 다른 기호들 속으로 들어가는 여행자는 바벨의 언어 극단에 놓인 자이며 스

스로 그 땅을 선택한 자이다. 바벨의 혼돈을 몸으로 겪는 여행자의 사명에는 신의 오묘한 이치가 퍼즐처럼 숨겨져 있을 것 같다. 나는 네게서 만물과 소통하는 언어는 가져가지만 대신 너는 여행을 할 수 있다. 굳이 네 발로 혼돈의 땅을 느끼겠다면 말리지는 않으마. 이런 식으로 슬쩍 신은 모험을 권유해 오는 건지도 모른다.

그래서 일상 우주 여행자는 묵묵히 그 사명을 다하여 매일 아침 들리지 않는 말들과 대화를 시도한다. 물론 귀머거리 상태로 출발하는 것이다. 만물의 원시언어가 남아 있는 에덴, 전설 속의 낙원 샹그릴라를 찾겠다는 탐험가의 의지로.

여행자는 매일 아침을 초록의 뿌리식물을 염탐하는 것으로 시작한다. 책상 한쪽에 놓인 '천사의 눈물'란 이름의 이파리 하나, 바질 몇 줄기가 자라는 화분, 작은 행운목 등과 차례로 아침 인사를 나눈다.

샹그릴라는 이미 많은 이들에게 알려졌다시피 제임스 힐튼의 소설 《잃어버린 지평선》에 나오는 상상의 낙원이다. 소설 속에서는 중국과 티베트 어디쯤의 신비로운 마을로 그려졌는데 동양의 에덴 샹그릴라가 유명해지자 발 빠른 중국 정부는 윈난성에 있는 중덴이 샹그릴라라고 공식 발표했다. 사실 좀 어처구니가 없다.

일상 우주 여행자는 그 같은 바벨의 언어에 속지 않는다. 차라리 샹그릴라는 뿌리내린 작은 화분이나 화병 어디쯤에 있으리라.

본래 상상 속의 낙원 샹그릴라는 티베트어로 '마음속의 해와 달'을 의미한다. 그런데 뿌리식물이야말로 잎은 해를 향해, 뿌리는 달처럼 차가운 음지 땅으로 뻗어간다. 해와 달의 현현처럼 이 둘은 놀라울 정도로 닮았다. 마음속의 해와 달. 샹그릴라는 모든 여행자가 바라보는 조그마한 화분 안에 숨었는지 모른다.

· ·

샹그릴라는 화분 안에 있다, 다만 우리가 귀를 닫았을 뿐

여행자는 아침에 눈을 떠 욕실로 향하는 발걸음 속에서, 찻물을 올리며, 우유를 따르면서 초록의 그들과 눈을 맞춘다. 침묵하는 자연이 말을 걸기를 멈춤에도, 모르는 그 언어는 해독 불가능임에도, 여행자는 아랑곳하지 않는다. 통역관 없이 바벨의 언덕을 넘는 것, 그것이 자유 여행의 묘미다.

바벨의 언덕 너머 샹그릴라로 향한 여행 루트는 간단하다. 보통 일주일 혹은 사오 일에 한 번씩 물을 갈아 주는 것으로 시작해 틈나는 대로 바흐나 쇤베르크를 초록 잎들과 함께 듣기도 한다. 아이비와 천사의 눈물은 특히 지미 헨드릭스의 〈Third Stone From The Sun〉을 좋아한다. 태양으로부터 온 세 번째 돌. 우주로부터 방금 날아온 듯한 특유의 삥뽕 음이 쭉쭉 늘어지는 이 곡을 두 녀석은 아주 즐긴다.

그런데 1968년 미국의 한 대학에서 벌인 실험에 따르면 식물들은 록 음악을 대단히 싫어하는데, 특히 지미 헨드릭스나 바닐라 퍼지 같은 1960년대 록 밴드를 혐오한다고 한다. 이 실험에 대해서는 뭐라

할 말이 없다. 하지만 수년째 록 음악을 들어온 아이비와 천사의 눈물, 행운목이 여전히 건강하다는 사실을 덧붙이고 싶다. 식물들 사이에서도 서로의 개성을 인정해 줘야 할 때다. 보다 정확히 녀석들에게 단도직입적으로 물어 봐야겠지만. 우리는 아담의 언어를 잃었다. 다만 추측할 뿐이다.

그렇다면 신은 왜 인간에게서 태초의 원시언어를 잃게 했을까? 다만 바벨탑을 높게 쌓아 자신을 드높이려 들던 인간의 오만 때문에? 오만, 다만 그것 때문일까.

물론 그렇지 않다. 실은 인류 스스로 귀를 닫았을지 모른다. 벼를 베며 비명소리를 들었던 유년의 인류는 잉여라는 달콤한 욕망을 알고부터 더 많은 벼를 창고에 저장해 놓기 위해 그 비명소리를 일부러 무시했다. 신이 인간에게서 아담의 언어를 빼앗기 이전에 인간 스스로 귀를 닫았다. 벼가 잉여의 수단이 되면서부터다. 그리고 이제 인류는 모든 동물, 그리고 사람에게조차 같은 태도를 보인다. 모든 것이 잉여를 위한 수단이다. 이 상태를 두고 벤야민은 근현대성의 양상으로 읽는다.

인간이 인간을 생명의 존재 아닌 수단으로 여기게 된다면 언젠가 지금 쓰고 있는 언어마저 포기할지 모른다. 그래서 여행자는 한 포기 식물과 매일 여행을 떠난다. 잃어버린 언어 회복에 나선다.

이 여행은 더는 언어를 잃지 않기 위한 여행자의 작은 의지다. 그것은 생명의 본질을 배우려는 뒤늦은 여행이다. 그런데 이 여행을 조선의 르네상스인 강희안이나 정약용 같은 선비들은 이미 오래 전부터 말없이 즐겨 왔다. 특히 화가 강희안은 식물과 함께 누린 일상 여행을 기록한《양화소록》을 남기기까지 했다. 게다가 선비들의 식물 여행은 엄청나게 스펙터클하기까지 하다.

그들의 식물 여행은 식물과 다만 눈을 맞추거나 함께 음악을 듣는 것으로 끝나지 않았다. 눈으로도 코로도 즐겼는데 그중 가장 운치 있는 방법은 촛불을 이용한 방법이었다. 밤이면 화분에 촛불을 비춰 벽에 그려지는 꽃과 잎의 그림자를 감상하는 것이다. 강희안은 난초 꽃이 피면 멀찍이 촛불에 비춰 보며 "마치 한 폭의 묵란(墨蘭)이 벽에 그려진 듯하다"고 탄복했다고 한다. 다산 정약용도 이와 같은 방법으로 국화 그림자 놀이를 즐겼다. 가히 일상의 멋을 아는 여행자의 대선배답다. 한 송이 국화를 신실한 벗으로 교우하는 것. 그 몸짓을 읽으려 하고 함께 호흡하는 것.

바벨의 언덕을 넘기 위한 여행의 시작이다.

사실 일상 우주 여행자에게 이 여행이 시작된 건 4년 전 부터다. 장미 허브를 만나면서였다. 녀석은 3년이나 창문 앞에서 무럭무럭 자랐다. 보통 장미 허브는 고개를 꼿꼿이 들며 자라지만 2년을 넘기면서부터 제 키를 감당하지 못할 정도로 자라 넝쿨처럼 창틀로 뻗어 나갔다. 그래서 어느 날은 넝쿨 같은 줄기 중 하나를 잘라 작은 화병에 꽂았다. 금방 시들 거라 생각했는데 며칠이 지나도 싱싱하다 못해 줄기 끝으로 뿌리까지 솟아났다. 분명히 줄기였음에 물 속에 닿는 부위는 스스로 역할을 바꿔 뿌리로 변하고 있었다.

그런데 작년 겨울 놀랄 만한 일이 벌어졌다. 창가에 두었던 녀석이 그해 겨울 창문 틈새로 들어온 한파에 못 이겨 순식간에 생명을 다했다. 아침에 일어나 보니 넝쿨처럼 자라던 화분 녀석이 단번에 쪼그라들어 시장에 버려진 배춧잎처럼 변해 있었다.

다행히 화병에 꽂아 둔 줄기는 여전히 꼿꼿하다. 홀로 떨어져 한파를 면했던 것이다. 화분 속의 모체가 배춧잎처럼 쓰러졌어도 혼자 남은 줄기 하나는 출렁출렁 뿌리를 흔들며 일주일이나 건강했다. 그리고 며칠 뒤 완전히 시든 화분을 계속 둘 수 없어 아쉽지만 검은 비닐 봉지에 넣어 버렸다.

그런데, 그런데 그 순간 멀리 떨어져 있던 장미 허브 한 줄기마저 같이 쪼그라져 버렸다. 화분이 말라 버렸어도 며칠째 아무렇지 않게 건강하던 녀석이었다. 다른 곳에 제 뿌리를 두고 제 갈 길을 가던 녀석이었으니. 그런데 모체의 화분이 봉지 속으로 완전히 직행한 순간 같이 운명을 달리했다. 멀쩡하던 녀석이 말이다. 그러니까 녀석은 떨어져 있었어도 화분의 완벽한 죽음을 직감하고 같이 그것을 느꼈다. 다른 뿌리로 전혀 다른 곳에 있었지만 녀석은 완전히 알고 있었던 것이다. 그리고 축 늘어진 채 같이 죽음을 맞이했다. 나는 놀랐다. 이 녀석, 바로 아담의 언어다.

인간은 에덴에서부터 사용하던 아담의 언어를 잃었다.

인간이 자연을 '수단'으로 대하기 시작했을 때다. 그렇다면 인간이 인간을 '수단'으로 대하기 시작했을 때, 신은 무엇을 상실케 할까. 그 물음에 대해 여행자는 생각해 본다. 그리고 한 줄기 장미 허브의 죽음에 대해 생각해 본다. 매일 눈을 뜨거나 찻물을 올리거나 우유를 따를 때 한 줄기 초록잎을 쳐다본다. 바벨의 언덕 너머 모험을 떠난다.

아무것도 하지 않을 권리, '월든' 공원에서 두 낫싱

/ 자기 북소리의 템포를 찾는다 /

공원 벤치에 앉았다. 그리고 두 낫싱. 'Do Nothing.' 잠시, 아무것도 하지 않기. 그 무엇도 기대하거나 욕망하지도, 또 생산하지도 않기. 다만 있는 그대로를 느끼고 내버려 두는 것. 렛 잇 비.

두 낫싱 여행은 일종의 잃어버린 권리로의 여행이다. 그저 가만히 보고 느끼고 감탄할 권리, 단지 살아 있음 자체를 유희할 권리. 그런데 이처럼 간단한 여행이 왜 그다지도 어려웠던지. 예컨대 이런 사이트가 있다. 2분 동안 오직 두 낫싱 즐기기. 주소를 클릭하여 사이트에 입장하면 정면으로 단 세 줄의 문구를 만난다. 단지 릴랙스.

Do Nothing for 2 Minutes. 2분간 아무것도 하지 말아요.

Just relax and listen to the waves. 단지 파도 소리를 들으며 쉬세요.

Don't touch your mouse or keyboard. 마우스나 키보드조차 건드리지 말아요.

입장하는 순간부터 2분 동안 아무것도 하지 말라고, 모든 것을 놓고 그저 가만히 있어 보라고 권유한다. 화면 가득이 황혼이 지는 바다가 펼쳐져 있고 쏴쏴- 파도소리까지 들린다. 시원한 바다와 마주하고 파도소리를 들으며 다만 풍경이 되어 보기를 권하는 이 사이트. 그리고 화면 중앙엔 타이머가 있어 만약 마우스라도 살짝 건드리면 다시 리셋, 2분 타이머가 처음으로 다시 돌아간다.

그러니까 단지 쉼(休). 2분간의 휴식 놀이. 굉장히 쉬워 보이는 놀이가 그렇게나 어려웠던지 줄줄이 달린 댓글들은 의외였다. 하나같이 '만만치 않다' '곤혹스럽다'라는 반응들이다. 모니터 앞이라면 무엇이든 클릭해 새 정보를 만나야 안심이고 로그인이나 로그아웃이라도 해서 어떻게든 화면 전환을 시도해야 지겹지 않다. 그도 아니면 마우스 휠이라도 올렸다 내렸다 끊임없이 움직여 줘야 안도한다.

그래서 2분간만이라도 좀 렛잇비, 그저 내버려 둬 보자는 파라다이스에의 권유, 이 간단한 일이 어느새 몸에 안 맞는 옷처럼 버거워져 버렸다. 사는 것도 마찬가지다. 끊임없이 몸 어느 한 곳을 움직이고 무언가를 생산해 내지 않으면 도태된 자, 루저라는 원죄 의식을 나도 모르게 갖게 된다. 그런데 사실 이 원죄 의식은 일종의 아편 같다. 보통 국가와 학교, 매체와 이웃, 그리고 가족이라는 이름들이 나서서 공식적으로 키워 내고 선전해 온 아편. 이른바 집단이 만들어낸 달콤하고 무서운 모르핀이다.

'생산하지 않는 자 = 도태된 자'라는 이 공식적인 모르핀이야말로 사회를 굴리는 든든한 디젤 원료요, 마르지 않는 샘이다. 그리고 공식 허가된 이 죄의식 모르핀에 의롭게 도취되어 중독되고 나면 알아서 들 움직여 주고 근면한 삶을 살았다는 자족감에 젖어든다. 죽을 때까지 모르핀을 맞기 전의 자기 얼굴을 깜빡 잃어버리고 마는 것이다. 그래서 대개 중독자들은 자신의 상태를 잊고 열심히 일한다. 아주 열심히 또 누구보다 바쁘게.

19세기의 미국 역시 마찬가지였다. 특히 19세기 중반 아메리카는 기회의 땅이었다. 모든 것이 돈으로 측정될 수 있다고 믿는 땅. 이른바 돈, 명예, 학식, 세련미까지 두루 갖춘 댄디 남들이 돌풍을 이루었다. 그런데 시대의 모르핀 중독에서 벗어난 한 남자가 콩코드 마을 작은 호숫가에서 홀로 실존의 눈으로 세상을 보려 했다. 중독 사회에 등을 돌리고 호숫가에 손수 통나무집을 짓고 자신의 철학을 글로 남기기 시작했다. 신기한 일은 그 뒤다. 당시 돈과 세련미까지 갖춘 돌풍의 댄디 남들은 곧바로 잊혀졌지만 호수를 지키던 이 남자는 20세기를 지나 21세기가 되어도 기억된다.

헨리 데이비드 소로. 그는 모르핀 체제에 만족하지 않고 걸어나온 몇

안 되는 인간이었다. 일상 우주 여행자는 소로가 쓴《월든》을 겨드
랑이에 끼고 공원 벤치에 앉는다. 그리고 고개를 들어 가만히 구름을
쳐다본다. 두 낫싱. 사실 일상을 살면서 2분 이상 길게 구름을 쳐다본
일은 드물다. 휴일에 텔레비전이나 영화를 보건 동호회 취미 생활을
이어가건 친구와 맥주를 마시건 무엇인가를 한다. 늘 한다, 한다, 해
야 한다, 그 무언가를.

중독 사회가 흔히 그렇듯 일 외에도 놀이 방식에 있어서도 그럴싸한
모르핀을 쏘아 주기 때문이다. 쉬거나 노는 법까지 스펙을 쌓듯 유행
대로 움직여 줘야 하는 것.

하지만 때로는 무의미의 의미도 필요하다. 구름 놀이와 같은 전혀 생
산성 없는 휴식과 같은. 특히 이 데이비드 소로식 구름 놀이는 많은
사람들이 공원에 오면 비슷한 동작의 경보 걸음으로 건강한 몸을 생
산해 낼 때 그것을 지긋이 지켜볼 수 있는 관조의 힘 같은 거다. 한
다, 한다, 해야 한다는 강박에서 조금쯤 떨어져 흘러가는 구름을 쳐
다보는 것.

게다가 군이 무의미의 의미를 찾아보지 않아도 구름은 자체로도 충
분히 재미있다. 각개의 얼굴, 천 개의 모양으로 흐르는 구름은 어느
것 하나 복제가 없다. 눈으로 계속해서 구름의 모양을 이어만 가도
지루할 일이 없을 정도로. 하나같이 비와 공기와 온도의 우연과 필연
이 만들어 낸 유니크한 얼굴들이다. 물론 공원에 있는 나무도, 개도,
개미도, 그리고 사람도 마찬가지. 어느것 하나 우연과 필연이 만들어
낸 독특함을 지니지 않은 것이 없다. 천상천하유아독존.

일상 우주 여행자는 그렇게 2분, 12분, 22분, 32분…… 구름 놀이를 즐긴다. 천상천하유아독존격으로 무량수만큼의 우연과 필연이 만나 이룬 다양한 개성의 구름 모양과 움직임을. 떠도는 구름들이 그러할진대 하물며 인간의 모양과 움직임은? 물론 인간의 얼굴도 스텝도 결코 마스크를 쓰고 공원 주변을 도는 비슷한 모양의 경보 걸음이 아니다.

소로식 공원 여행은 바로 복제양 같은 경보 걸음이 아니라 자기 걸음, 자기 심장의 북소리를 찾아내기 위한 몸 풀기 작업과 같다. 천상천하유아독존. 내 눈으로 세상을 보고 내 심장의 북소리를 들을 권리. 소로는 '자기 북소리'에 대해 이렇게 말한다.

"어떤 사람이 자기 또래들과 보조를 맞추지 않는다면, 그것은 아마 그가 그들과는 다른 고수(鼓手)의 북소리를 듣고 있기 때문일 것이다. 그 사람으로 하여금 자신이 듣는 음악에 맞추어 걸어가도록 내버려 두라. 그 북소리의 박자가 어떻든, 또 그 소리가 얼마나 먼 곳에서 들리든 말이다. 사과나무와 떡갈나무가 같은 속도로 성숙해야 한다는 법칙은 없다."

• •

아무것도 하지 않을 권리, 그러나 지극히 생산적 쉼[休]

두 낫싱, 아무것도 하지 않을 권리를 갖자고 해서 곰처럼 겨울잠을 자자는 이야기가 아니다. 내 눈으로 세상을 보고 내 심장의 북소리를 들을 권리를 갖자는 것이다. 끊임없이 무언가를 생산해 내지 않으면 루저가 된다고 겁을 주고 또래들을 그룹별로 이름표를 달아 끌고 가려는 세계에 대한 냉철한 자기 인식의 시간을 확보하자는 것이다.

어려서부터 세뇌라는 모르핀을 맞았으면 그 사실을 깨끗이 인정하고 이제는 방향을 바꿔 생각해 보자는 것이다. 적어도 자기 눈으로 세상을 보려는 지극히 생산적 쉼. 소로가 말했던 방식으로 보자면 "단순한 독자나 학생이 되겠는가, 아니면 '제대로 보는 사람'이 되겠는가?"식이다.

인간은 각자의 박동수를 지니고 태어났다. 박동수는 천 개의 구름처럼 천차만별의 북소리로 자기만의 강약과 쉼과 정지 그리고 빠르기를 지녔다. 바로 자기만의 심장 박동수를 알아채고 호흡하고 걸어갈 때 세계는 문을 열고 경계 없는 전율을 보내올 것이다. 그것을 혹자는 '살아 있음'이라고도 말한다. 그것이 어떤 얼굴이든 간에 각자의 떨림에 반응하고 서서히 자기 템포로 완전히 몰입해 들어가는 것. 산다는 것도 논다는 것도 바로 그 '살아 있음'을 회복하는 경험인지 모른다.

여행자는 어느덧 오후를 맞는다. 정확히 오후 여섯 시가 되자 약속이나 한 듯 세상의 엄마들이 걸어나와 놀이터의 아이들을 부른다. 오후 일곱 시를 넘기자 검은 벨벳 그림자가 조용히 공원을 감쌌다. 여행자는 자기 곁에 있는 작은 벤치 하나,《월든》한 권, 볼펜 하나를 지긋이 존엄성을 갖고 지켜본다. 소로는 침대 하나, 식탁 하나, 책상 하나, 냄비 하나, 국자 하나가 전부인 자신의 오두막이야말로 사람들이 꿈꾸는 저 너머의 성좌라고 했다. 고작 28달러로 지은 자기 오두막이.

그러자 동시에 언젠가 들었던 이야기가 생각난다. 실제 이야기이다. LA에서 제법 성공한 한인에 대한 이야기이다. 그는 돈을 만지게 되면서 풍광 좋은 아파트와 그에 걸맞은 크림색 천연 가죽 소파까지 장만했다. 매일 이른 출근을 하다 보니 다소 피곤하기도 했지만 통 유리창 앞의 크림색 가죽 소파를 보면 아주 만족스러웠다. 제우스의 성전을 보듯 말이다. 그렇게 매일 새벽 성전을 나와 컴컴한 밤이 되어서야 집에 도착하는 나날이 이어졌다. 그러다 그날은 난생처음 한낮에 집에 들르게 됐다. 그런데 바로 그 크림색 가죽 소파에 한 여자가 앉아 음악을 들으며 편안하게 쉬고 있었다고 한다. 그녀는 그 집에서 일하는 필리핀 가정부였다.

오전 일을 마치고 잠시 음악을 들으며 휴식을 취하는 중이었던 것. 도시가 한눈에 내려다보이는 통유리창이 있는 거실에서 소파 중앙에 앉아 하염없이 편안하게. 그는 그 모습에 자신은 단 한 번도, 풍경을 바라보며 저 크림색 가죽 소파에 앉아 본 적이 없었다는 생각이 들었다. 그러면서 그가 본 것은 편안하게 눈을 감고 있던 필리핀 가정부의 작은 눈썹이었다.

어쩌면 그 눈썹은《월든》의 타원형 호숫가를 닮았을 것이다. 그 호숫가를 걸으며 자신의 심장 박동에 귀 기울이던 200년 일찍 태어난 남자의 흔적이었을 것이다. 두 낫싱.

라싸 가는 길,
오체투지로 티베탄과 교감

/ 내 몸이 사원이자 아지트 /

평균 해발고도 4,000m. 한라산 정상의 두 배나 되는 그곳에서 그들은 수천 킬로미터를 기어서 이동한다. 그냥 걷는 것도 아닌 온몸을 바닥에 던진 채 기어서 자신들의 수도 라싸로 가는 것. 그들은 믿는다. 누구나 죽기 전에 한 번쯤 라싸에 들러야 한다고. 지금도 여전히 많은 티베트인들은 삶의 최대 목표를 영적 구심점인 라싸의 조캉 사원을 향해 짧게는 수개월, 길게는 수년씩 순례 여행 떠나는 것에 두고 살아간다.

다만 걷는 순례가 아닌 오체투지(五體投地) 순례. 그러니까 거친 돌길 위에 슬라이딩을 하듯 사지를 뻗고 미끄러져 머리까지 완전히 땅에 박는 것이다. 한걸음 한걸음 이마로 꾹꾹 대지와 깊은 키스를 나누며.

286

오체투지로 돌밭을 기다 보니 수도 라싸에 도착할 즈음 그들은 온몸이 만신창이가 된다. 그렇게 순례의 마지막 코스 조캉 사원 앞에 도착한 그들. 이제 쉬겠지 싶었다. 하지만 그것이 끝이 아니었다. 사원 앞에 자리를 잡은 그들은 다시 십만 배의 오체투지를 시작한다.

0에서부터 다시 시작한다.

여행자는 생각한다. 그러니까 자신의 집에서부터 혹은 그보다 더 먼 곳에서부터 수천 킬로미터를 온몸으로 기어온 길, 그 길은 그들에게 어떤 의미이기에 대체 무엇을 위해, 어떤 염원을 안고, 그들은 그렇게 만신창이가 되도록 걸어온 걸까, 왜, 왜?

하지만 일상 우주 여행자는 곧 알게 된다. 질문 자체가 세상에서 가장 바보짓이라는 것을. 아마도 이 여행의 끝, 그쯤에서야 아주 어렴풋이 알겠지. 그러니까 어떤 길도 답을 말해 주지 않는다. 모든 여행은 다만 물음표다.

· ·

길은 답이 아닌 물음표

일상 우주 여행자는 지금 이곳에서 라싸로 가는 물음표의 길을 출발해 본다. 자기 한 몸 눕기에 거스름 없을 정도의 공간이면 족하다. 거

실이나 내 방, 앞마당이나 뒷산, 철퍼덕 바닥에 몸을 던져 사지를 뻗을 수 있을 장소라면 아무 곳이나. 작은 모포를 하나 준비한 뒤 거실 한쪽에 자리를 잡는다.

무엇을 향해 온몸을 던질지는 여행자 각자가 정하기 나름. 진심으로 자신이 존경하는 어느 얼굴을 상상 속에 그려봐도 좋다. 그것이 자신의 심적 고향이라면 곰돌이 푸를 앞에 둔다 한들, 혹은 한 송이 꽃이나 허공의 먼지를 향한들 나쁠 것 없다. 여행자는 이제 곧 라싸로 출발할 예정이다. 오체투지로 한걸음 한걸음.

오체투지. 신체 다섯 부분인 오체(五體), 즉 팔과 다리, 머리와 가슴, 배가 땅에 닿도록 바짝 엎드려 온몸으로 절하는 오체투지는 고대 인도에서 행해지던 예법이다. 여기에는 자신을 한없이 낮춘다는 뜻이 담겼다고 한다. 그러면서 그간 쌓아온 어리석음을 참회하며 무엇인가를 향해 자기 온몸을 던지는 것이다. 인구 99퍼센트가 불교도인 티베탄들은 평생에 한 번 이 오체투지로 수도 라싸의 조캉 사원에 도착하는 것을 최대 공덕으로 여긴다. 그렇게 어렵사리 도착한 라싸. 그곳에서 그들은 무엇을 만날까? 무엇을 찾아 그 먼 길을 기어서 왔을까? 여행자의 부질없는 질문은 계속된다.

그리고 지금 여행자는 칭짱 열차를 타지 않고 라싸로 향한다. 물론 이곳은 내 집이며 거실 바닥에 깔린 모포 앞이다. 서서 잠시 호흡을 가다듬는다. 그러자 마치 고등학교 체력장 시간, 매트를 앞에 두고 앞구르기를 시도하기 직전으로 돌아간 기분이다. 내 집에서의 오체투지. 처음 시도해 보는 여행자일수록 많이 당혹스러울 것이다. 하지만 요즘은 건강을 위해 애써 108배 오체투지도 한다니 낯 뜨거울 일이 무어랴. 눈 딱 감고 출발하자.

여행자는 미리 조사한 티베트식 오체투지 예법에 따라 두 손을 머리 위로 조용히 올려 합장을 하듯 맞부딪힌다. 그리고 잠시 고원 위에 엎드린 티베탄들의 모습을 상상해 본다. 이어서 합장한 두 손을 그대로 이마에 한 번 대고 내려와 가슴에 가져가 잠시 숨을 고르고. 그리고 무릎을 꿇는다. 바닥에 두 무릎을 댄 채 동시에 만세를 부르듯 두 팔을 벌리기. 곧이어 양 손바닥으로 바닥을 밀며 슬라이딩하듯 완전히 엎드린다. 두 팔은 만세 자세고 두 발은 쭉 뻗은 상태. 그 상태로 바닥에 코를 박고 누운 모습, 한마디로 완벽한 복종 자세다. 양 손바닥과 두 발, 배와 가슴 그리고 이마까지 완전히 바닥에 밀착한 상태로 엎드린 여행자.

앞이 깜깜하다. 컴컴한 바닥에 이마를 박고 누워 여행자는 생각한다. 이건 뭘까? 지금 나는 무얼 하고 있는 거지? 길 위에 다시 살포시 물음표를 뿌려 본다. 물론 모른다. 여행자는 단지 바닥에 닿은 이마가 차다고 느낀다. 아, 차다.

 그렇게 방바닥에 이마를 박고 사지를 뻗고 엎드린 채 그대로 있어 본다. 들리는 소리도 보이는 형체도 없다. 아무 소리, 아무 형체도. 다만 컴컴한 무(無).

"옴 마니 반메 훔."

티베탄의 만트라를 읊어 본다. 그러고 나서 이마를 박고 엎드린 상태 그대로 다시 두 손을 머리 뒤로 올려 작게 합장한 뒤 조용히 일어선다. 왠지 가뿐하다. 어쩐지 짧은 조깅을 마친 기분이 들 정도로. 그리고 다시 머리 위로 두 손을 모으는 걸로 시작해 두 번, 세 번, 네 번, 반복해서 오체투지를 이어간다.

티베트 사람들은 이 상태로 수천 킬로미터를 이동했을 것이다. 박범

신 작가의 티베트 기행기 《카일라스로 가는 길》에는 오체투지 순례
자들과의 만남이 나온다. 열한 달 전에 쓰촨성에 있는 집을 떠나 라
싸를 향해 가고 있는 순례자들은 이른 여름에 출발해 영하 수십 도의
혹한 속에서도 라싸를 향해 전진해 오고 있는 중이었다. 열한 달 동
안 말이다. 컨디션이 좋으면 15킬로미터, 상황에 따라 5킬로미터씩
이동해 왔다고 한다. 그런데 친구나 가족으로 보이는 순례 팀은 사실
서로 전혀 모르는 사람들이었다. 다만 모르는 사람들이 길 위에서 만
나 서로 순례를 돕는다. 그러다 라싸에 거의 다다를 쯤엔 천천히 속
도를 늦춘다고 한다. 흔히 생각하길 얼른 목적지에 도달하여 고통을
끝내고 싶을 것 같은데 이들은 되도록 천천히 도달하려 한다. 이유는
간단했다.

라싸에 가면 서로 헤어져야 하기 때문이다. 그것이 아쉬워 길 위의

시간을 늘리는 것이라고 한다. 그러니까 그런 것이다. 밖에서 보면 다만 고통스러워 보이는 순례길이지만 오랜 시간 이동해 온 그들에게는 길이 일상이다. 기고 걸으며 해 밝은 곳에 텐트를 치고 최소한의 것을 나눠 먹는 동안 그들은 '보이지 않지만 분명한' 삶의 유희와 그리고 짙은 교우를 나누어 왔을 것이다. 다만 스치는 여행객들은 결코 볼 수도 추측할 수도 없는.

· ·

이룰 것이 없다. 다만 남는다. 영혼의 지문으로

그것처럼 여행자의 물음표 역시 마찬가지다. 긴 시간을 기고 걸으며 온 순례자들은 여행자가 기대하는 목적지를 향한 거창한 목표와 염원을 품지 않은지도 모른다. 다만 티베탄으로 태어나 걷는 일상의 나날일지 모른다. 설령 원대한 어떤 염원을 품었다 한들 길은 그 답을 여행자에게도, 심지어 머리를 박고 수천 킬로미터를 기어온 순례자에게조차 말해 주지 않을지 모른다. 아니 결코 말해 주지 않는다. 왜냐면 답은 골인점인 라싸의 조캉 사원에도, 카일라스에도 있지 않기 때문이다. 그 답은 그냥 고스란히 자기 이마 위에 찍힌다. 그러니까 한 가지 분명한 사실. 머나먼 길을 기어오며 만신창이가 된 그들 몸에 유독 눈에 띄는 상처가 하나 있다. 그것은 대지에 머리를 박으며 생긴 이마 한가운데의 상처다. 라싸로 오기까지 길 위에서, 오체투지의 일상을 기어오며 그들의 이마엔 깊고 둥근 딱지가 앉는다. 땅에 머리를 박고, 박고, 또 박고 하면서 말이다. 그런데 그 위치가 또한 절묘하다. 그 상처는 눈썹과 눈썹 사이. 보통 이마 한가운데 정확히 생긴다.

마치 두 눈썹 사이에 열린다는 '영안(靈眼)의 눈.' 그 눈의 표식처럼. 이는 불교나 힌두교에서 '제3의 눈'이라 불리는 딱 그 위치다. 그곳에 스스로 기어온 그 길이 인두자국처럼 정확히 찍힌다.

일상 우주 여행자는 처음엔 바다의 차가움을 이마로 느끼다가 점차 느낌조차 희미해진다. 만세 자세로 쭉쭉 뻗어 철퍼덕. 한 번 두 번 세 번…… 열 번……스무 번……반복해서 미끄러지다 보면 그럴 수밖에 없다. 물음표 자체가 사라진다. 원대하고 거창했던 철학적 물음표들. 그런 추상 물음표들이 어느덧 사라진다. 싹. 횟수가 쉰 번쯤으로 넘어가면 대신 느낀다. 생각하는 것이 아니라 느낀다.

몸이 삐걱거리고 쑤시면서도 어딘가 모르게 가벼워지고 있는 기분. 예컨대 한증탕에서 시원하게 때를 밀고 난 뒤에 느끼는 피곤함 같은 것이다. 뭔가를 탈탈 털어 버린 기분. 단순히 운동한 뒤 땀이 빠져나간 것만으로 보기엔 가벼움이 예사롭지 않다. 그것은 어쩌면 비밀의 고해성사를 한 뒤의 느낌과 비슷하달까.

그러니까 빠져나간 것은 진짜 '때'인지도 모른다. 우리가 익히 알고 있는 구질구질하여 밀어버려야 할 '때.'

여행자는 거실 바닥에 머리를 박고 컴컴한 한기를 맡는다. 한없이 낮은 복종의 자세를 반복하며. 그것은 어쩌면 켜켜이 안에 쌓인 때를 밀며 일종의 고해성사를 하고 있는 건지도 모른다.

흔히 티베트 사람들은 오체투지를 통해 자기 독을 비운다고 한다. 그 독은 불교적 세계관에서 보면 인간이 지닌 치명적인 삼독(三毒) 탐(貪)·진(瞋)·치(癡)를 말한다. 욕망, 분노, 어리석음. 세 가지 독. 바로 덕지덕지 붙은 탐·진·치 독을 밀어 버리는 작업이 오체투지였던 것이다.

온몸을 바닥에 던지며 머리를 박고, 박고, 또 박고 하면서 한없이 자기를 낮춰 보는 고해를 통해 켜켜이 쌓인 독들을 씻어내는 것이다.

그래서 티베탄들은 믿는다. 그들이 믿는 붓다를 향해, 그리고 대지를 향해 오체투지를 하는 동안 자신들의 업을 소멸할 수 있으리라고. 그러니까 오체투지는 일종의 영혼 목욕인 셈이다. 그렇게 그들은 수천 킬로미터 돌길 위에 자기를 던지고, 바치고, 버리며 그 독을 씻어 낸다. 목욕을 하는 거다.

몸 바쳐 자기를 던지고 버리고 비우고. 이는 대단히 순정적이다. 순종이 아닌 순정(純情). 한결같은 마음으로 아무 바랄 것 없이 온몸으로 기어온 길, 순정인 것이다. 그 한없는 순정의 길을 기어 도착한 곳. 라싸의 조캉 사원 앞이다. 길고 긴 여행길이었다.

거친 길이었던만큼 길의 끝에서 티베탄들은 드디어 쉬겠구나 싶다. 그런데 그들은 그곳에서 다시 시작한다. 종착역 조캉 사원 앞에서 다시 오체투지를.

그러니까 애당초 가졌던 물음으로 다시 돌아가 보자. 여행자는 생각한다. 수천 킬로미터를 온몸으로 기어온 길, 대체 무엇을 위해, 어떤 염원을 안고, 그들은 그렇게 만신창이가 되도록 걸어온 걸까. 그들은 답을 찾았을까? 그리고 순례의 종착지에 도착한 그들은 답을 쥐는 대신 또 다른 어떤 물음, 혹은 염원을 두고 다시금 오체투지를 이어간다. 그들이 영원히 도달해야 할 곳은 어쩌면 라싸의 조캉 사원이

아니다. 아주 가깝고 또 어쩌면 영영 도달하지 못할 정도로 먼. 바로
자기 자신일지 모른다.

· ·

내 몸이 사원이다. 순례자는 이마에 찍힌 상처로 문을 연다

순례의 끝에서 그들은 다시 시작한다. 아주 가깝기도 하고, 또 영영
먼 그곳으로 다시 출발한다. 그렇게 다시 척박한 땅 위에 이마를 박
고, 또 박고 하면서 삼독의 때를 벗기는 티베탄들. 그렇게 때를 벗기
다 생긴 이마 위의 둥근 상처, 그 딱지야말로 '자기'라는 진짜 성전을
여는 문고리일지도.
그러니 그곳이 라싸의 조캉 사원 앞이든 우리 집 거실의 모포 위든
중요치 않다. 그래서 달라이 라마는 이렇게 말한 바 있다.

"사원도 필요 없다. 복잡한 철학도 필요 없다. 우리 자신의 머리,
우리 자신의 가슴이 바로 우리의 사원이다."

여행의 종착지이자 플랫폼인 내 몸에 도착했다.

이제부터 진짜 여행이 시작된다.

여행의 끝이자 시작
"지금 이곳에서 조르바의 춤을"

대부분의 여행이 그렇다. 모든 여행이 끝났다고 생각하는 순간 비로소 다시 시작된다. 여기에 삶, 사랑 여러 가지 단어를 바꾸어 넣어도 이 진실은 크게 변하지 않는다. 이것은 여행자가 기억해 내기 이전에 우주가 기억하고 있는 본능이기에.

· ·

시작도 끝도 없는 우주 본능:
존재는 무한 우주를 여행하는 일상 우주 여행자

우주 본능. 그렇다. 그것은 본능이다. 예컨대 지도 위의 모든 땅 끝은 대략 이런 형태를 지니고 있다고 한다. 마치 에셔의 그림처럼 안과 밖, 위와 아래, 이곳 끝과 저곳 시작이 꼬리를 물며 연결된 모습. 그의 그림 〈서클 리미트〉를 보면 검은 악마의 날개 끝이라 여긴 지점에서 순백의 천사 날개가 이어지고 천사의 날개 끝에서 악마의 날개가 다

시 태어난다. 이 모습은 계속 반복되어 결국 부분의 그림 안에 전체의 그림이 있는 식이다. 자기반복의 이 작품은 어느 한 부분을 뜯어서 보더라도 그림 전체의 모습과 닮았다.

자기반복, 자기닮음, 자기순환.

에셔의 그림처럼 자연 역시 이러한 본능이 있는데 이에 대해 만델브로라는 수학자가 '프랙탈'이라는 개념으로 검증했다. 그런데 그 출발은 지도의 땅 끝에서부터였다. 박사는 영국의 해안선 길이가 얼마일까라는 물음을 가지고 영국의 땅 끝을 연구한다. 그런데 땅 끝이 멋대로 구불구불 이어져 있으리라던 예상과 달리 하나의 모습이 자꾸 반복되어 나타나는 거 아닌가? 그러니까 땅은 본능적으로 자기와 닮은 모습으로 깎이고 쌓이고 해안선을 만들어낸 것이다. 그는 이처럼 전체의 모양이 반복되는 구조를 '프랙탈'이라고 불렀다.

프랙탈의 가장 기본 속성은 '자기유사성'과 '순환성'이다. 우주와 자연은 전체의 모습을 쏙 닮은 자기닮음을 끊임없이 반복해 내며 확장해 나가는데, 창문에 성에가 자라는 모습도 산맥의 모습도 우리 몸의 혈관도 다 프랙탈이다. 그러니까 우주의 아주 작은 귀퉁이 한쪽을 뜯어내 보더라도 그 속에서 전체의 모습이 발견된다는 것이다.

그렇다면. 우주가 프랙탈 구조로 이루어진 다차원적 공간이라면. 내 몸의 작은 일부분을 뚝 떼어내 본다 한들 그 속에는 우주 전체의 모습이 그대로 있을 것이다.

그러면 말이다. 공간이 그러하다면, 시간 역시 그러하지 않을까. 땅도 풀도 나무도 하늘도……. 우주의 기본 원리가 자기반복과 주기적 순환성을 띤다면 시간 역시 프랙탈적 구조로 되어 있을지 모른다. 지금에 지금, 그리고 또 지금. 그렇게 존재의 여행은 영원히 반복되는 것이다. 이는 라이프니츠의 시간관이나 니체의 영원회귀설을 들지 않고서라도 많은 선각자들이 예감해 왔다.

우리의 찰나 안에는 우주 전체의 시공이 그대로 담겨 있을 것이다. 다만 모든 것이 여행자의 인식 너머에서 복잡하게 얽히고설킨 카오스의 모습이라 쉽게 알아차리기 어렵지만 말이다. 그러나 이 컴컴한 카오스 내에서조차 우주 본능인 순환성과 주기성의 프랙탈 원리가 숨어 있다.

쉬운 예로 잭슨 폴록의 그림들. 우리가 흔히 알고 있는 물감을 튀겨 그린 폴록의 추상 그림들은 얼핏 보면 그저 실타래처럼 막 혼란스레 얽혀 있는 것처럼 보인다. 그러나 그 안에도 나름의 질서가 나타나는데 이 역시 자기닮음의 프랙탈 원리로 이어진다고 한다. 실제로 호주 대학의 리처드 박사는 이것을 '박스 카운팅'이라는 고전적 실험으로 증명해 냈다. 그러니까 폴록은 천장에 페인트 통을 메달아 페인트를 떨구거나 붓으로 물감을 뿌릴 때 무의식적으로 주기적 흐름을 만들어 냈다. 페인트 통이 왔다 갔다 하는 주기적 흐름에 맞춰 페인트를 떨어뜨리고 붓으로 물감을 뿌리는 각도를 선택했다. 이런 식으로 그는 거대한 캔버스 위에서 우주 본능인 프랙탈 구조로 춤을 추었고 그 리듬에 맞춰 물감을 뿌리며 작품을 완성한 것이다. 그래서 어쩌면 그저 실타래가 엉킨 것처럼 보이는 그의 그림이 그토록 많은 이들의 심장을 움직이고 있는지 모른다. 바로 이 우주 본능의 원리를 토대로 캔버스 위에 자신의 춤이자 발자국을 찍어냈기에.

여기서 흥미로운 점 또 하나. 후기 작품으로 가면 물리학적 '차원'도 함께 증가한다. 초기 작품의 경우 1차원에서 머물던 것이 후기로 갈수록 1.45차원, 1.67차원으로 꾸준히 증가한다.

폴록은 자기 그림 안에 단순한 자기반복을 넘어 자기변화, 그리고 또 다른 자기창조로 이어갔다.

그리고 일상 우주라는 캔버스 위를 춤추는 여행자 역시 마찬가지. 여행의 끝이자 시작일 내 몸에 도착한 여행자는 프랙탈적 우주 본능에 맞춰 무의식의 발자국을 찍으며 여행을 반복한다. 그 자기반복을 넘어 자기변화, 그리고 자기창조로 이어가는. 그러다 언젠가는 거대한 전체 그림을 창조해 낼지 모르지. 하지만 그보다 중요하고 매력적인 진실은 지금 이 순간이라는 부분 속에도 정확히 전체 모습이 그대로 찍혀 있으리라는 우주 원리. 책을 읽고 차를 마시고 풍경을 보고 있는 이 찰나 안에도 정확히 들어 있다. 전체의 시간이. 그 순간 일상 우주 여행자는 지금 있는 자리에서 벌떡 일어난다. 두 팔을 벌리고 두 발로 서서 힘껏, 힘껏 뛰어 본다. 마치 해변에서 팔을 벌리고 춤을 추던 조르바처럼.

. .

일상 우주 여행은 지금 여기에서 추는 춤

작가 카잔차키스가 그린 《그리스인 조르바》의 주인공이자 실존 인물인 알렉시스 조르바. 74년을 빵과 음악 그리고 여자와 더불어 삶을 여행해 온 인간 조르바. 그는 배가 고프면 밥 먹는 일에 모두를 걸고, 갈탄을 갈 때는 곡괭이질이, 여인과 키스할 때는 키스가 우주였다. 그는 언제나 맛있게 요리를 하고 멋진 춤을 추며 일상 우주를 여행했다. 그 여행길에는 인간이 부여한 도덕이 없다. 그러나 그 길은 '부도덕'이 아닌 '무도덕'의 길이다.

인간 도덕 밖의 세계에서 춤을 추는 조르바. 하지만 그가 잭슨 폴록의 그림처럼 우리들 가슴에 오래도록 기억되는 이유는 그가 우주 본능을 기억해 냈기 때문이다.

그는 말한다. "당신이 먹는 걸로 무얼 하는지 가르쳐 줘 봐요. 그럼 당신이 어떤 사람인지 가르쳐 줄 테니."

그러니까 누구는 요리를 먹고 똥을 싸며 타인을 해하거나 세계를 비탄으로 몰지만, 누구는 요리를 먹고 똥을 싸는 동시에 노래를 하고 시를 만든다. 한마디로 빵과 물이 육화되어 노래를 뱉는 존재가 조르바인 것이다. 먹는 음식이 인간의 몸을 통해 육화를 넘어 정신으로 승화되는 것은 작가 카잔차키스의 필생의 화두였다.

결국 빵을 먹고 어떤 생각을 갖고 자기 노래와 일상을 창조해 내던지 그 춤은 지문처럼 정확히 캔버스 위에 남는다. 또한 찰나의 그 춤은 우주 본능을 타고 카오스적 이 우주 전체로 일절 에누리 없이 퍼져 나간다. 일상을 춤추는 조르바는 바로 자기 발자국이 찍은 그 춤을 직시했다. 빵을 먹고 어떤 생각을 갖고 자기 일상을 창조해 가는지 직시(直視)하기.

결국 이 끝도 시작도 없는 일상 우주 여행의 노잣돈은 오로지 '깨어 있는 시선'이다.

여행자는 자리에서 사뿐히 일어나 다시 한 번 뛰어 본다. 힘껏. 자기 캔버스 위에 남의 욕망을 그리는 모사 화가가 아닌 내 춤을 추고 나의 그림을 그린다. 그 춤을 위해 우선 복제된 그림 같은 일상에서의 작은 탈주부터 시도하자.

일상 탈주에서 자기창조, 그리고 자기확대로. 춤추는 여행자는 꾸준히 춤을 반복하며 자기 캔버스 위에 차원을 확장해 나갈 것이다. 그리고 여행자는 다시금 기억해 낸다. 지금, 내가 추는 이 춤은 내 춤인 동시에 우주 전체의 얼굴이다.

여행의 종착지인 내 몸에 도착한 여행자는 비로소 진짜 여행을 시작할 것이다. 우주 본능을 기억해 내는.

익숙한 공간에서 시작하는 설레임 가득한 일상 우주 여행

일상 여행자의 낯선 하루

초판 1쇄 인쇄 2013년 5월 21일
초판 1쇄 발행 2013년 5월 28일

지은이 권혜진
펴낸이 이범상
펴낸곳 (주)비전비엔피·이덴슬리벨

기획 편집 이경원 박월 신주식
외주 기획 JS 컨텐츠 서주현
디자인 최희민 김혜림
마케팅 한상철 이재필 김성화 김희정
관리 박석형 이다정

주소 121-894 서울특별시 마포구 잔다리로7길 12 (서교동)
전화 02)338-2411 **팩스** 02)338-2413
이메일 visioncorea@naver.com
블로그 blog.naver.com/visioncorea

등록번호 제313-2009-96호

ISBN 978-89-91310-48-3 03810

이 도서의 국립중앙도서관 출판시도서목록(CIP)은 e-CIP홈페이지(http://www.nl.go.kr/ecip)와 국가자료공동목록시스템 (http://www.nl.go.kr/kolisnet)에서 이용하실 수 있습니다.(CIP제어번호:2013005924)